로크미디어가
유혹하는
재미있는 세상

이것이 법이다

이것이 법이다 86

2020년 4월 14일 초판 1쇄 인쇄
2020년 4월 20일 초판 1쇄 발행

지은이 자카예프
발행인 이종주

총괄 김정수
경영 지원 배진경 임혜솔 송지유

기획 이기헌 왕소현 박경무
책임 편집 최전경

발행처 (주)로크미디어
출판등록 2003년 3월 24일
주소 서울시 마포구 성암로 330 DMC첨단산업센터 3층 318호, 319호
Tel (02)3273-5135 **편집** 070-7863-8592 **Fax** (02)3273-5134
홈페이지 rokmedia.com **E-mail** rokmedia@empas.com

© 자카예프, 2015

값 8,000원

ISBN 979-11-354-5670-1 (86권)
ISBN 979-11-255-9575-5 04810 (세트)

이 책의 모든 내용에 대한 편집권은 저자와의 계약에 의해
(주)로크미디어에 있으므로 무단 복제, 수정, 배포 행위를 금합니다.

작가와의 협의에 의해 인지는 생략합니다.
잘못된 책은 구입처에서 바꾸어 드립니다.

이것이 법이다

86

자카예프 장편소설

로크미디어

이 소설은 픽션입니다.
등장하는 인물 및 지명 등은 현실과 연관이 없습니다.
또한 소설 내에 나오는 법이나 법리 해석의 경우에도 대
중문학의 극적 전개를 위하여 일부분 과장되거나 변형된
것이 존재하니 실제 법과 혼동하지 않으시길 바랍니다.

CONTENTS

깨끗할수록 더러워지기 쉽다

마약 청정국.

일반적으로 인구 10만 명당 마약 사범이 스무 명 미만이라고 하면 마약 청정국이라고 인식된다.

"하지만 한국은 사람들의 생각과 다르게 마약 청정국은 아니죠."

노형진은 오광훈과 이미진 검사와 함께 있었다.

이미진 검사가 극비리에 조사를 요청했기 때문이다.

그래서 그들은 제삼의 장소인 커피숍에서 이야기를 나누고 있었다.

'쯧쯧, 불쌍한 놈.'

노형진은 말을 하면서도 오광훈을 불쌍한 눈으로 바라보

았다.

그럴 수밖에 없는 게 이미진 검사와 깔끔하게 정리했다고 주장하지만…….

'저 눈에서 날아가는 뿅뿅은 어쩔 거냐?'

그걸 오광훈도 느끼는 건지 극히 부담스러운 얼굴이다.

'그렇다고 막대하지도 못하겠지.'

안 봐도 뻔하다.

검사쯤 되면 신붓감으로도 나쁘지 않은 조건인 만큼 아마 진짜 오광훈과는 진지한 관계였을 것이다.

여성 편력이 심한 진짜 오광훈이지만 데리고 노는 대상과 결혼 상대는 달랐을 테니까.

'이런 건 내가 당하면 곤란하지만 남이 당하는 걸 보면 구경거리지, 으흐흐. 아, 이러니까 왠지 늙은 것 같네.'

"너 이 새끼, 얼굴이 불순해."

오광훈의 말에 노형진은 아차 하고 정신을 차렸다.

"어디까지 이야기했지? 아, 맞다. 마약 청정국 이야기를 했지. 하여간 우리나라는 사실 이 기준으로 보면 마약 청정국 자리는 이미 잃어버렸다고 봐야 해."

"그래?"

"그래. 공식 통계만 봐도 일단 10만 명당 스무 명은 훌쩍 넘거든."

이미진은 고개를 끄덕거렸다.

"맞아요. 선배에게 들어 보니까 비공식적으로 보면 공식 통계의 최소 스무 배에서 서른 배 정도에 달하는 마약 사범이 있을 거라고 했어요."

"헐, 그렇게 많다고?"

"그래. 사실 마약이라는 것 자체가 잡기 힘든 범죄 중 하나야."

애초에 은밀한 데다가 그걸 하는 사람도 대놓고 하지는 않는다.

그렇다 보니 뒤에서 알음알음으로 하는 사람들이 많다.

"그래도 다른 나라보다 마약 사범이 적은 것은 확실하지. 문제는 그거야. 마약이 없다는 것. 좋게 말하면 마약 청정국이지만, 나쁘게 말하면 마약 조직 입장에서는 새로운 시장이라는 거지."

"흠……."

"거기에다가 한국은 주변 국가에 비해 환율이 높아. 사실 일본을 빼면 이 주변에서는 최고지. 그 말은 같은 마약을 더 비싸게 팔아먹을 수 있다는 뜻이고."

노형진의 말에 오광훈은 심각한 표정이 되었다.

"하긴, 내가 관리…… 아니, 듣기에도 하루에 한 번은 약쟁이가 사고 친다고 했으니까."

정확하게는 아마 그가 다시 살아나기 전에 관리하던 나이트클럽 같은 데서 벌어진 일일 것이다.

"거기에다가 마약의 공급 라인도 사실 애매하고."

중국의 삼합회, 일본의 야쿠자.

이 양대 폭력 조직이 존재한다는 것은 마약도 그들이 관리한다는 의미다.

"하지만 한국은 그 정도 조직이 별로 없지."

물론 마약을 유통하는 조직은 분명 있다.

그러니 시중에 마약이 도는 것이다.

"문제는 삼합회나 야쿠자가 작정하고 덤벼들면 쓸려 버릴 거라는 거야. 특히나 신흥 상권은 더하지."

신흥 상권, 그러니까 한만우가 운영하는 회사에서 활동하는 곳은 기본적으로 마약이 용납되지 않는다.

"즉, 그곳에 조용히 파고들어서 팔아먹을 수 있다는 거야."

실체가 없다는 것은 추적도 힘들다는 것이다.

그 대상이 외국계 조직이라면 추적은 더더욱 힘들어진다.

"그러니 마약계 조직을 소탕하기가 더 힘들다는 건데."

노형진은 그렇게 말하면서 이미진을 바라보았다.

"사실상 검찰의 지원은 기대하면 안 될 테고."

"응? 왜?"

오광훈은 노형진의 말에 이유를 모른다는 듯 되물었지만 이미진의 얼굴은 삽시간에 딱딱하게 굳었다.

'내가 바보도 아니고 말이지.'

마약 사건을 검사가 이끄는 건 맞다.

하지만 검찰이라는 조직은 바보가 아니다.

"그래, 일단은 확실하게 짚고 넘어가자. 그래야 지원이 가능한지 예상하고 작전을 짜지. 이미진 검사님, 지원하신 거 아니죠?"

"네? 아, 네. 제가 지원한 건 아니에요."

"그러면 뭐 잘못하신 거 있습니까?"

"아니, 그건 아닌데……."

"제대로 말씀해 주셔야 합니다. 마약 조직과의 전쟁은 목숨이 걸린 일입니다. 흐리멍덩하게 할 수 있는 게 아니에요."

이미진은 입을 꾹 다물었다.

"조직의 명예보다는 자기 목숨이 중요한 겁니다. 대충 보아하니 상황은 알겠습니다만."

"그게 무슨 소리야?"

오광훈은 눈치도 없이 노형진에게 물었다.

"아마 이미진 검사님도 찍혔을걸. 그것도 너보다 더?"

"나보다 더?"

오광훈은 이해가 안 간다는 듯 말했다.

그럴 수밖에 없는 게, 그는 대놓고 아웃사이더다.

그런데 그 이상 찍힐 수가 있을까 하는 생각이 들었던 것이다.

"아까도 말했지만 마약 조직과의 전쟁은 목숨을 건 일이야. 더군다나 한만우가 알아낸 판매량과 판매 종목만 해도 절대 작지 않아. 즉, 마약 조직이 절대 작은 조직은 아니라는 거지. 그런데 어째서인지 여자 검사, 그것도 마약 사건은 한 번도 안 해 본 사람이 배당되었어."

그건 사실상 불가능하다.

마약 사건은 전문적인 검사가 따라붙고, 마약 유통의 특성상 조직일 수밖에 없기 때문에 어마어마한 지원이 붙는다.

애초에 검찰에는 이런 사건을 전담하는 부서가 있다.

"그런데 거기가 아니라 여자 검사에게 배당되었어. 이게 뭔 소리일까?"

나가 죽으라는 소리다.

여자 검사라는 점까지 생각하면, 만일 일이 틀어져서 잡혀 가기라도 하면 곱게 죽지도 못한다.

"일이 이쯤 되면 말이지."

노형진은 머리를 긁었다. 안 봐도 뻔하다.

"검사 때려치우고 나가라는 소리야. 안 그런가요, 이미진 검사님?"

"……."

아무런 말도 하지 않는 이미진 검사.

노형진은 그런 그녀에게 확실하게 말했다.

"말씀 안 하신다고 일이 해결되는 거 아닙니다. 그리고 검찰에 대한 애정이 꽤 크신 것 같은데, 입 다무는 게 조직의 명예를 지키는 건 아닙니다. 입 다무는 게 어떤 효과를 불러

일으키는지는 검사님이 잘 아시잖아요."

"하아…… 도대체 노 변호사님은 어떻게 그렇게 잘 아세요? 검사 생활도 안 해 보셨잖아요?"

"뭐, 인간사가 다 똑같지요."

조직이 바뀌고, 직급이 바뀌고, 하는 일이 바뀐다고 해도 인간의 본성은 바뀌지 않는다.

범죄의 형태가 살짝 바뀐다고 해도 결국 본질적인 부분은 같다.

회사에서 횡령이 벌어지면 은행에서도 횡령이 벌어지고, 공공 기관에서도 횡령 사건이 일어난다.

"결국 검사님에게 대놓고 나가라고 하는 건데."

그리고 이미진 검사는 버티고 있는 거고.

"그런 사건에 제대로 지원이 올 리는 없을 테고요. 이건 이 검사님뿐만 아니라 다른 사람들의 목숨도 달린 겁니다. 이 정도 마약 조직은 총기도 소지하고 있다고 봐야 합니다. 무슨 뜻인지 아시죠?"

재수 없으면 같이 출동한 휘하 수사관들도 총 맞아서 죽을 수 있다는 소리다.

엉뚱하게 새론 쪽 사람들이 위험할 수도 있고 말이다.

"하아……."

"무슨 일인데? 말해 봐. 내가 알아야 도와주지."

오광훈도 나서서 설득하자 결국 이미진은 조심스럽게 입

을 열었다.

"지금 검찰 내부에서 광범위하게 성추행과 성희롱이 벌어지고 있어요. 저는 그걸 다른 여자 검사들을 모아서 막아 보려고 했고요."

"무슨 뜻인지 알겠습니다."

몇 년 후 어떤 여검사의 고발로 미투 운동이 촉발된다.

미투 운동, 즉 '나도 당했다'라는 뜻의 이 운동은 사회에 광범위하게 퍼져 있던 성추행이나 성희롱 사건에 대한 대대적 공격이었다.

'성추행이 갑자기 짠 하고 나타날 리 없지.'

성범죄의 특징은 작은 것에서 큰 것으로 확대된다는 것이다.

어느 날 아침에 일어나서 갑자기 '나는 강간범이 될 거야.'라고 생각하지는 않는다.

'처음에는 성희롱을 하다가 상대방이 저항하지 않으면 성추행으로 넘어가고, 거기서도 저항하지 않으면 강간으로 넘어가지.'

특히나 검찰 조직같이 상명하복이 철저하게 못 박혀 있는 조직에서는 위계에 의한 강간, 그러니까 자신의 자리를 이용해서 하위직에게 성 상납을 요구하는 놈들이 없을 수가 없다.

'지검장 출신 연쇄살인마도 있는 판국에 검사 출신 강간범이라고 없겠어?'

문제는 검사라는 직종이다.

부패한 인간들이 넘치는 건 사실이지만 애초에 검사라는 자리 자체가 법을 집행하는 자리다.

즉, 그 안에 정의감이 넘치는 사람이 분명 존재한다는 거다.

"그리고 그걸 이끈 게 이미진 검사님이셨군요."

"네."

대충 이해가 갔다.

대놓고 쫓아내자니, 이걸 외부에 터트리면 검찰의 위신에 문제가 된다.

그런데 이미진은 검찰의 명예에 대해 상당히 신경 쓰는 타입이니 외부에 터트릴 가능성은 낮다.

'하지만 눈에 거슬리는 것은 사실이겠지. 흔한 방법이네.'

위험한 사건에 검사를 밀어 넣어서 그만두게 하든가 아니면 조사하다가 죽게 만드는 건, 흔하게 쓰는 방법이니까.

"하지만 이미진 검사님은 물러날 생각이 전혀 없을 테고요."

공식적으로 이미진과 오광훈은 끝난 사이다.

껄끄러울 수밖에 없는데도 그녀는 오광훈에게 도움을 요청했다.

절대 쉬운 선택은 아니었을 것이다.

"단순히 상황만 가지고 거기까지 추측하신 건가요? 소문대로네요. 맞아요. 억울하지만요."

아마 그들 입장에서는 어렵지 않게 생각했을 것이다.

마약 사건 수사는 시간이 오래 걸린다.

이미진이 겁먹고 그만두면 그때 전문가에게 넘기면 그만이라고 생각했을 것이다.

'하지만 이미진 검사는 그만둘 생각이 없고.'

당연하게도 제대로 된 지원은 없다.

그래야 그녀가 포기하고 그만둘 테니까.

"상황이 엿 같네요."

여차하면 총격전도 각오해야 하는 사건에서 검찰의 지원이 없다는 건 곤란한 일이다.

"뭐? 그런 개떡 같은 경우가 어디에 있어? 아니, 죽어 나가는 사람들 목숨은 뭐 파리 목숨이야?"

오광훈은 조폭스러운 검찰의 행동에 어이가 없었다.

"인간은 기본적으로 똑같다니까. 내 입장에서 보면 부패한 일부 검찰은 그냥 국가 공인 조직폭력배나 다름없어."

"니미 씨발. 그러면 어쩌라고? 저쪽은 총질하는데 우리는 사시…… 아니, 죽창이라도 들고 돌격할까?"

"그건 또 그것대로 문제가 된단 말이지."

노형진은 머리가 지끈거렸다.

'상황 엿 같네, 진짜.'

어쩌면 검찰 내부의 마약 전담 부서는 현 상황을 알고 있을 가능성이 높다.

'아니, 알고 있겠지. 그러니까 떠넘겼을 거야.'

노형진이 예측한 것을 수십 년간 마약 조직과 싸워 온 검찰이 모를까.

'그럴 리 없지.'

그들이라고 일본이나 중국 쪽 조직이 한국을 노린다는 걸 모를 리 없다.

애초에 마약 관련 부서가 그렇게 허술하게 일했다면 대한민국이 마약 청정국 소리를 들을 수 있었을 리도 없다.

'망할 놈들 같으니라고.'

사실 한국이 처음부터 마약 청정국은 아니었다.

70~80년대만 해도 한국은 국제 마약 회의에 사례로 등장할 만큼 심각한 마약 제조 국가 중 하나였고, 아시아권에서 마약계의 큰손으로 통했다.

하지만 그 후에 마약 부서가 제대로 굴러가고 검사들이 목숨 걸고 일해서 얻어 낸 것이 바로 마약 청정국 지위였다.

'그걸 몇몇 썩어 빠진 놈들이 날리는 판국이지.'

노형진은 고개를 절레절레 흔들었다.

"일단 그 문제는 나중에 해결하죠. 중요한 건 현 상황의 해결 방법이니까."

이미 조직은 찾아냈다.

곽주태. 그가 일하고 있는 홍와라는 기업이 마약을 수입하는 곳일 것이다.

"그런데 이게 이해가 안 가는 게, 어떻게 수입하는지 방법을 모르겠단 말이죠."

노형진은 머리를 긁적거렸다.

"마약 수입 방법은 보통 세 개죠."

비행기를 이용한 운송, 터널을 이용한 운송, 마지막으로 해상을 통한 운송.

"한국은 사실상 섬이나 마찬가지니까 터널을 통한 운송은 개소리고."

삼면이 바다이다.

북쪽은 적대 국가이고 반국가 단체이기도 하다.

그들이 터널을 뚫어서 침략하려고 한 경험이 있기에 정부에서도 터널에 무척이나 신경을 많이 쓴다.

"비무장지대를 돌파하려면 수십 킬로미터를 파야 하는데 그게 가능할 리 없고."

결국 그건 포기.

"비행기도 마찬가지인데."

한국은 땅이 좁기 때문에 외국처럼 소규모 공항이나 활주로가 없다.

당연히 개인 비행정을 가진 사람도 드물다.

"결국 일반적으로는 배를 이용하는데……."

가장 흔한 방법이 배를 이용해 공해상에서 만나서 넘겨주는 것.

"한국에서는 가장 좋은 방법이야. 각 나라 간 해상 거리가 짧으니까."

아침에 나가서 저녁에 조업을 하고 들어온 것처럼 들어오는 건 어려운 게 아니다.

"대부분의 마약은 그렇게 들어오고."

노형진은 그 말을 하면서 턱을 문질렀다.

"그런데 꺼림칙한 건 그 곽주태에게 한 말이란 말이지."

가장 흔하고 가장 효율적인 방법이라면 당연히 검찰도 알고 있는 방법이라는 소리가 된다.

실제로 공해상으로 나가는 어선에 대한 불시 마약 단속이 종종 있고, 그쪽 정보를 캐내려고 검찰도 혈안이 되어 있다.

"그런데 문제는 곽주태 쪽에서 그게 걸릴 일이 없다고 확신했다는 거지."

세상사에 100%를 보장할 만한 것은 없다.

"그 말은 지금까지와는 다른 루트를 찾아냈다는 뜻이야."

노형진은 머리를 긁적거렸다.

"그리고 그걸 잡아야 한다는 건데."

노형진은 그렇게 말하면서 이미진을 바라보았다.

"대략이나마 정보가 나온 게 있나요? 판매 라인 쪽이라도요."

"공급 지역으로 의심되는 지역이 있기는 해요."

"어딘데요?"

"그게…… 말도 안 되는데……."

"말도 안 되는 거라도 때로는 그게 중요한 단서가 됩니다. 우리가 머리를 쓰는 만큼 저들도 머리를 쓰니까요."

"하아, 마약이 오는 곳으로 의심하는 곳이 양구예요."

"네?"

노형진은 왜 이미진이 말도 안 된다고 했는지 이해가 갔다.

"양구라고요?"

"네, 그나마 추적한 게 거기까지예요."

'당혹스럽네?'

강원도 양구.

군대로 유명하며 군대로 먹고살고 군대로 경제가 돌아가는, 말 그대로 군대 밀집 지역.

"거기서 마약이 온다고요?"

"네."

"이해가 안 가는데요."

지금 상황에서 가장 가능성이 높은 쪽은 바다다.

그래서 당연히 추정 지역이 인천이나 평택 같은 항구일 거라 생각했다.

하다못해 아주 작은 포구 이름이라도 나올 거라 생각했다.

"그런데 양구?"

"네, 그나마도 소문이고요."

양구 쪽에서 약이 공급된다는 소문.

전문 딜러를 잡아서 족치고 싶지만 지금 딜러를 잡아서 족치면 바로 잠수를 탈 게 뻔하기에 지금으로써는 그 소문이 유일한 정보였다.

"이건 생각도 못 했는데?"

양구에서 마약을 만드는 건 불가능하다.

결국 외부 반입이라는 뜻인데.

'양구로 밀수 라인이 있을 리 없는데?'

좀 독하게 말하면 양구는 사방이 군대로 둘러싸여 있다고 봐도 과언이 아니다.

"바다도 없는데 어떻게 양구에 공급하지?"

노형진이 머리를 긁적거렸다.

"아니, 어찌 보면 똑똑한 건가?"

"응? 그게 무슨 소리야?"

노형진의 말에 오광훈은 되물었다.

"생각해 보니 우리가 양구라고 해서 당황했잖아. 그만큼 양구 쪽에서 마약이 나올 가능성이 없다는 거지."

"그래서?"

"그 말은 양구 쪽의 마약 감시는 부실하다는 의미야. 사실 그렇잖아. 그 지역에 마약을 하는 인간들이 얼마나 되겠어?"

군인들이야 많지만 대부분은 집단생활을 한다.

그 말은 마약을 하면 바로 드러난다는 소리이기도 하다.

거기에다 대부분이 병사인 만큼 고가의 마약을 하기 힘들다는 의미이기도 하고.

"그러니 그쪽에 마약 수사 라인은 없을 거야. 등잔 밑이 어둡다고 하잖아?"

만일 양구가 생산지가 아니라면, 그냥 중간 유통지라면 이 야기는 달라진다.

"중간 유통지요?"

"네, 기업으로 치면 직배가 아닌 거죠."

일단 양구로 가지고 간다. 그리고 양구에서 전국으로 퍼진다.

"검찰이 과연 쉽게 알아챌 수 있을까요? 우리도 거기서 왜 마약이 나오냐고 생각했잖습니까?"

"그건 그러네요."

"마약을 이 정도로 대량 공급하는 조직에 머리 좋은 놈이 없을 리 없죠."

노형진은 차게 식은 커피가 놓여 있는 테이블을 톡톡 두들 기며 머릿속을 정리했다.

"확실히 추적을 막기는 좋겠네요."

양구까지 추적해도 결국은 중간 라인일 뿐이니 잡을 수 있 는 건 딱 거기까지다.

과거처럼 직배가 아니므로 그들을 한꺼번에 소탕할 수는 없다.

"전국으로 퍼트리는 것도 쉽겠네."

오광훈도 뭔가 깨달은 듯했다.

"그럴 거야. 간단한 문제지."

양구에 군인이 많다는 것.

그건 전국에서 면회자가 몰려든다는 뜻이다.

"그들과 함께 섞여서 움직이면 감시는 힘들지."

단속을 해야 하는데, 그러면 거기에 면회 가는 사람들에게 방해가 된다.

안 그래도 짧은 면회 시간이, 검문을 한다고 하면 더 짧아질 테니까.

"거기에다 거기는 주말마다 뜨내기들이 넘쳐 나는 곳이야."

정작 양구의 인구 자체는 많지 않지만 주말이면 낯선 사람들이 넘쳐 난다.

그러니 그중에서 이상한 사람을 찾는다는 것은 어려운 일이다.

"문제는 양구로 어떻게 배달을 하느냐는 거네요. 어떻게 지금까지 안 걸린 건지 이해가 안 가요."

배를 이용해서 배달하는 것은 예상했다고 해도 육상 배달로를 찾는 것은 전혀 다른 문제다.

"어떤 항구로 들어오는지도 모를 일이고."

긴 한숨을 내쉬는 노형진.

'이 근처 판매상의 기억을 읽어?'

그건 무리다. 이상한 접근을 그들이 의심하지 않을 리 없다.

설사 접근한다고 해도, 일개 판매상에게 마약의 공급 라인을 공개할 만큼 멍청한 조직은 없다.

즉, 그들의 기억을 읽어 봤자 근본적인 해결은 되지 않는다는 거다.

'거기에다 양구를 창구로 쓸 만큼 똑똑한 놈들이 멍청하게 마약 판매책들에게 판매 라인을 알려 줄 리 없지.'

판매 상인들을 잡아 봐야 결국은 그냥 잔챙이다.

"그러면 본진을 털어야 하는데 어떻게 잡으려고?"

조사를 하면 양구가 나올 텐데, 그곳에 경찰이 몰리면 그들은 바로 꼬리를 말고 잠수를 탈 것이 뻔했다.

"그리고 양구 쪽은 군부대가 많아서 생각보다 경찰행정력이 약해요. 우리가 도움을 요청해도 지원이 충분하지는 않을 거예요."

노형진은 고개를 끄덕거렸다.

"그러니까 제가 똑똑한 놈이라 생각한 겁니다. 한국 마약 시스템의 약점을 정확하게 뚫어 보고 있어요."

"음…… 일단 판매자들을 후려 패야 하나?"

"그게 그렇게 쉽게 해결되는 문제였다면 마약이 진즉에 박멸되지 않았을까?"

미국에서 힘을 써 가면서 마약 조직에 사람을 넣는 데에는 다 이유가 있는 것이다.

그러지 못하면 진짜 잔챙이만 잡는 싸움이 끝도 없이 이어지니까.

"가장 좋은 건 내부에 사람을 넣는 건데."

노형진은 그렇게 말하다가 이미진을 보고 고개를 흔들었다.

"아마 그러면 이미진 검사님은 실적이 없다고 해직당하겠지."

애초에 이미진에게 사건을 맡긴 것 자체가 그런 목적이었으니까.

"차라리 그냥 그만둘까요?"

긴 한숨을 쉬는 이미진을 보며 노형진은 머리를 긁적거렸다.

"방법이 없는 건 아닙니다."

"네?"

"애초에 범죄를 추적할 때의 기본은 범죄자의 입장에서 생각하는 거죠. 반대로 범죄자들은 경찰의 입장에서 피할 곳을 찾고."

"그런데요?"

"생각을 해 보세요. 서로 살아온 방식과 개념이 전혀 다릅니다. 그런데 어떻게 범죄자와 형사가 같은 생각을 하겠습니까? 아무리 상대방 방식을 생각해 본다고 해도 결국 흉내일 뿐이죠. 전문가가 아니라면 말입니다."

경찰에는 그런 전문 인력이 있다.

그런 사람들을 프로파일러라고 부른다.

"그런데 그 애들이 프로파일러들을 키우던가요?"

이미진의 얼굴이 딱딱해졌다.

마약 조직이 프로파일러를 키울 리 없다.

"그 말은?"

"누군가 내부에서 자신의 경험을 알려 주고 있다는 거죠."

그러니 그놈에게 뇌물을 주는 놈이 누군지 잡는다면, 최소한 중간 계층 정도는 박멸할 수 있다.

"아마도 양구 쪽에 있는 경찰일 겁니다. 그래야 그 지역이 사실상 마약 수사가 없다는 걸 알 테고요."

"그건 제가 알아봐야 할 사항이군요."

"네, 그건 제가 어떻게 해 드릴 수 있는 영역이 아니네요."

아무리 노형진이 도와준다고 해도 아이디어를 주는 걸 넘어서 직접 수사를 하는 것은 명백한 월권이다.

서로 합의된 거면 모르겠지만 경찰에 대해 조사하게 된다면 분명 경찰은 노형진을 고발할 것이다.

"저 같은 경우는 다른 걸 할 수 있을 것 같네요."

"다른 거라고 하신다면?"

"미진 씨는 그들이 어떻게 양구까지 아무런 문제도 없이 올 거라 생각하시죠?"

"글쎄요."

그녀는 고개를 갸웃했다.

"그거야 그냥 차 끌고 오면 그만 아닌가요?"

"그건 어디나 마찬가지죠."

하지만 그럼에도 불구하고 마약 유통은 종종 걸린다.

"그리고 이런 식으로 머리 좋은 놈이라면 절대 우연히 걸릴 수 있는 가능성은 남기지 않을 겁니다."

오광훈은 고개를 갸웃하며 물었다.

"그러면 차에다가 비밀 공간 같은 걸 만든다는 거야?"

"그것도 가능하겠지. 하지만 그러기에는 공간이 너무 부족해."

"부족하다고?"

"그래. 전국의 모든 마약이 양구에서 뿌려지고 있어. 절대적은 양이 아니지."

물론 차량에 따라 빈 공간을 더 넓게 뽑을 수 있는 차들도 있다.

"하지만 나라면 더 좋은 걸 쓸 거야."

"더 좋은 거?"

"그래, 더 좋은 거. 아주 안전한 게 있지."

노형진은 자리에서 일어났다.

"가자."

"어디를?"

"어디긴. 양구로 가야지. 백문이 불여일견이라고 하잖아."

그곳에 가면 어떤 차인지 눈에 보일 것이다.

바로 그 차를 추적하는 게 최선이었다.

⚖

"저거라고? 저건 그냥 탑차 아냐?"

어리둥절한 표정으로 차량 밖으로 흘러가는 광경을 바라보는 오광훈.

운전을 하던 노형진은 뜬금없이 지나가는 한 대의 차량을 가리키며 저런 종류의 차량이 사용될 거라고 했다.

그런데 그 대상은 다름 아닌 탑차, 그러니까 짐칸을 만들어 둔 트럭이었다.

"그런데 생각이 다르기는 하네."

"넌 군대에 안 갔지?"

"그렇지."

군대에 갈 나이가 되기도 전에 벌써 전과 2범인지라 군대에 가 본 적이 없는 오광훈이었다.

"저런 걸 보통 군납 차량이라고 불러."

"군납 차량?"

"그래. 우리가 무슨 북한군도 아니고 현지 조달하는 건 아니잖아?"

당연히 군대에 납품하는 전문 업체가 있고 그런 곳에서 들어오는 물건들은 별 의심을 하지 않는다.

"정확하게는 군납을 위해 도색한 차량들은 그다지 의심하지 않지."

탑차임에도 불구하고 소위 말하는 국방색이라고 하는 얼룩무늬를 칠한 트럭.

"고작 이걸로 어지간한 검문은 다 무사통과야. 그리고 경찰이 이런 군용 트럭 의심하겠어?"

"어…… 그러네."

경찰에게 있어서 군대는 터치가 불가능한 조직이다.

군 내부에서 범죄가 일어나도 그걸 처리하는 것은 경찰이 아니라 헌병이고, 적용하는 법 역시 군형법이지 일반형법이 아니다.

군인뿐만 아니라 거기서 일하는 군무원들 역시 군형법의 적용을 받기에 그들에게 경찰은 별 관심이 없다.

"그래서 경찰들이나 단속하는 사람들은 일단 군대 차량이라고 생각하면 그냥 거르는 거지."

자신들이 터치할 권한이 없으니까.

"그런데 정작 군대에서 경찰 노릇을 하는 헌병은 특수한 경우가 아니면 도로에서 검문을 하지 않아. 하게 되어도 탈영병 수색 같은 거라 납품 차량 내부는 잘 안 보지. 더군다나 저런 식의 냉동 탑차들은 더더욱 의심 안 해. 사람들이 안에 들어가면 얼어 죽을 테니까. 결과적으로 저런 냉동 탑차들은 양쪽의 시선에서 다 자유로운 거지."

"헐, 난 그건 전혀 생각하지 못했는데."

"대부분은 생각 못 해."

'걸러야지.'라고 생각해서 거르는 게 아니라 그냥 자연스럽게 자신도 모르게 거르게 되는 거다.

마치 버릇처럼 말이다.

"그러면 전국에 퍼트리는 것도?"

"마찬가지겠지."

대한민국은 공식적으로 전쟁 중인 국가라서 어딜 가나 군부대가 없는 곳이 없다. 심지어 사람들이 잘 모를 뿐이지, 도심지의 고층 건물 위에는 레이더기지나 방공 포대 같은 것이 있다.

"그러니 사방에 이런 게 다닌다고 해도 그다지 이상할 건 없지."

"그리고 검문은 자동 통과?"

"그래."

경찰도 안 건드리고 군인들이 그렇게 자주 검문할 일은 없다.

"물론 민통선까지 들어가면 100% 걸리겠지만 미치지 않고서야 이런 놈들이 민통선에 가겠어?"

"우우."

갈 리 없다.

"거기에다가 저런 탑차들은 짐을 엄청나게 실어서 나르고 있어. 냉동식품 같은 걸 넣어서 입구를 막아 두면 그 안까지 누가 검문하겠어?"

"그건 그러네."

그걸 다 검문하기 위해서는 차를 세우고 짐을 다 꺼내서 박스마다 다 열어 봐야 하는데, 냉동식품의 경우에는 그랬다가 음식이 상하기라도 하면 그 욕은 검문한 사람이 다 먹는다.

"그리고 너도 알겠지만, 아니 모르겠지만 군대는 식중독에 대해 엄청 예민해."

그럴 수밖에 없다.

대량 급식 체계를 만들어 두고 있기 때문에 식중독 발생은 한두 명이 아니라 수십 명에서 수백 명으로 확대될 수 있다.

"그리고 그런 경우는 장교들에 대한 처벌이 강해."

전투력 유지는 군대에서 가장 중요하게 여기는 요소 중 하나이기 때문이다.

"그런데 냉동식품을 꺼내서 상하게 되면 그 반발이 어마어마해지지."

"무슨 뜻인지 알겠네. 하긴, 우리나라 짭새 새끼들이 일을 더럽게 못하기는 하지."

검문을 한다고 하더라도 그냥 문 열고 짐이 뭐가 있는지 확인하는 수준에서 끝날 것이다.

"그러면 그 안쪽에 있는 마약은 걸릴 리 없지."

"어떻게 안 거야? 우리는 전혀 예상하지 못했는데."

"양구라는 말에서 눈치 깠지."

양구는 지정학적으로 중요한 위치가 아니다.

물론 군사적으로는 중요한 위치일지 모르지만, 전국 배송 지점으로 보기에는 너무 위쪽에 있다.

"사실 사람들의 의심을 받지 않을 곳은 그곳 말고도 많아. 그런데 왜 군이 양구를 전국 배송 지점으로 했을까 생각했지. 양구에 특산물이 있는 것도 아니고."

그렇다면 남은 건 군대뿐이다.

"그리고 양구에서 가장 흔한 게 이런 차량들이지."

"음."

노형진의 말에 오광훈은 주변을 둘러봤다.

거리에 가득한 군인들.

외출을 나온 그들은 신나게 주변을 돌아다니고 있었다.

"그러면 트럭을 잡아야 하나?"

"그건 무리일 거야. 그리고 트럭을 잡으면 결국 이쪽에서 눈치챘다는 걸 알아차릴 거야. 그러면 과연 그 녀석들이 가만히 있을까?"

바로 꼬리를 말고 잠수를 탈 것이 뻔했다.

"그러면 왜 여기에 온 거야? 이유가 없잖아."

"트럭을 보러 온 거야."

"뭐?"

"설마 트럭을 모조리 새 걸로 사겠어? 돈이 넘치는 것도 아닐 텐데."

"설마?"

"그래. 군납이라고 해도 결국 기업이야. 군납 기업들은 연 끊어지면 망하는 건 순식간이지. 그리고 말이야, 그런 냉동 탑차가 흔한 건 아니잖아."

노형진은 그렇게 말하면서 눈앞을 가리켰다.

중고차 매장이 모여 있었다.

"모든 사업의 기본은 원가절감에서 시작되지, 후후후."

"대량으로 트럭이 나간 때요?"

"네, 비슷한 시기에 트럭들이 한꺼번에 나갔을 겁니다. 특히 국방색 도색을 한 트럭들은 다 나갔을 테고요."

다른 지역에는 그런 도색을 한 차량이 많지 않다.

하지만 이곳은 그런 소비가 많을 수밖에 없고, 당연히 트럭도 많다.

"알아보고 오겠습니다."

직원이 나가고 나자 오광훈은 노형진의 옆구리를 콱 찔렀다.

"아파. 좀 살살 찔러라."

"중고를 샀다고 생각하는 거야?"

"그래. 아까 말했잖아. 원가절감이 목적인데 새 차 사겠어?"

새 차를 사면 거기에 국방색의 도색을 새로 해야 한다.

"거기에다 트럭은 한국에서 많이 소비되는 차량 중 하나야."

그런 걸 여러 대 사면 걸릴 수도 있거니와 받아서 도색하는 데에도 시간이 걸린다.

"하지만 중고는 아니지."

국가의 감시에서 벗어나 있는 데다가, 돈만 내면 바로 가지고 갈 수 있다.

"특히 이런 곳은 내가 아까 말한 대로 중고로 나온 도색 차량들이 분명 있을 테니까."

그걸 가지고 가면 적지 않은 돈을 아낄 수 있다.

"너 진짜 머리 좋구나."

뭔가를 추적하려면, 그 자체를 추적하는 것도 방법이지만 반대로 그걸 추적하기 위해 필요한 것을 추적하는 것도 방법이다.

"그런데 중고차는 다른 곳에서 살 수도 있잖아?"

노형진은 고개를 끄덕거렸다.

"하지만 도색비도 결코 싼 게 아니거든."

"그게 무슨 말이야?"

"말 그대로야. 국방색 얼룩무늬로 도색을 한 차량들은 시중에서 잘 안 써. 인기 있는 색도 아니고 말이야. 그런 건 일부 지역을 제외하고는 사면 새로 도색을 해야 하니까. 무슨 뜻인지 알겠어?"

"어, 대충은 알겠네. 여기는 군바리가 많으니까 도색된 차들의 수요가 많아서 여기에 모인다는 소리구나."

노형진은 왠지 가슴이 울컥했다.

'이 새끼한테 드디어 눈치라는 것이 생기기 시작했구나.'

'나는 몰라. 배 째.'를 넘어서 이제 조금씩이나마 연관 관계에 대해 알아 가는 그를 보고 노형진은 왠지 감개무량했다.

"맞아. 여기서는 제값을 받을 수 있지. 수요가 있으니까."

그러니 판매자들은 여기로 몰릴 테고 말이다.

때마침 나갔던 딜러가 몇 장의 종이를 가지고 들어왔다.

이것이 법이다

"검사님, 알아봤는데요."

"어디 봅시다."

오광훈은 다 아는 것처럼 근엄하게 받아서 넘겨 보았다.

물론 정말 알지는 모르겠지만. 다행히 옆에 있는 노형진을 위해 딜러가 추가로 설명을 해 줬다.

"보니까 한 1년 8개월 전쯤에 갑자기 트럭들이 확 나갔네요. 말씀하신 대로 국방색으로 도색된 건 한 대도 안 남고 다 나갔고요."

"구입자는 다 다르고요?"

"네, 다 달라요. 그런데 2개월 사이에 밀려 있던 차들이 다 나갔어요. 혹시 몰라서 차량 번호 좀 알아봤구요."

노형진은 고개를 끄덕거렸다.

확실히 서비스직이라서 그런지 눈치도 빠르다.

"그러면 하나만 더 알려 주셨으면 하는데요."

"어떤 건데요?"

"차량 도색 잘하는 곳 아십니까?"

⚖️

"아따, 도색이라고 하면 우리가 전문이지라잉."

차량을 샀다고 하지만 모든 차가 다 국방색으로 도색되어 있는 것은 아니었다.

당연히 몇몇 차는 도색을 해야 한다.

'그리고 과거에는 도색이 불법이었지만 지금은 아니지.'

그렇다 보니 도색 업체들이 우후죽순 생겼다.

그러나 도색이 합법화되었다고 해도 그 실력은 천차만별이다.

'특히나 이런 국방색은 더 힘들지.'

차량을 도색하는 경우는 대부분 단색으로 색을 바꾼다.

그런데 국방색은 말 그대로 여러 가지 색을 가지고 도색을 해야 하는데, 그 정도 실력을 가진 곳은 흔하지 않다.

"오광훈 검사입니다."

이런 곳에서 먹히는 건 변호사 자격증이 아니라 검사 신분증이기에 오광훈이 나서서 노형진이 말한 대로 이야기를 꺼냈다.

"사건을 수사 중인데 국방색 도색을 한 사람들을 찾고 있습니다."

"이쪽 동네에서는 한두 명이 아닌데라?"

"자주 하거나 단시간 내에 많이 맡긴 사람을 찾고 있습니다. 시기는 1년 10개월 전쯤부터입니다."

"잠시만요잉. 생각나는 게 있응께."

그는 뭔가 확인하려는지 가게 안으로 들어가더니 기록을 뒤적거리기 시작했다.

"아, 여기에 있네요잉."

"뭔가 찾으셨습니까?"

"아니, 그러니께, 뭐 우리도 끼리끼리 다 알고 지낸다 하요."

그런데 비슷한 시기에 여러 대의 도색 의뢰가 한꺼번에 들어온 적이 있다고 했다.

그뿐만 아니라 다른 업자에게도 도색 청구가 들어왔다고 했다.

"그 이후에도 들어왔고 말이요잉."

그가 도색한 차량만 무려 세 대.

다른 업자가 작업한 차량까지 합하면 족히 스무 대는 단시일 내에 도색했다는 것이다.

"그게 보통인가요?"

"정상은 아니지라잉."

눈 밖에 나면 바로 목숨 줄이 끊어지는 게 군납이지만, 군납 비리라는 말이 있는 것처럼 적당히 뇌물만 주고 관리하면 설사 썩은 빵을 공급해도 잘리지 않는 게 또 군납이다.

그리고 대부분의 업체는 그렇게 관리해서, 차량이 이렇게 많이 필요한 경우는 거의 없었다.

"혹시 주문한 사람의 이름을 알 수 있을까요?"

"잠시만요잉."

그는 안으로 들어가서 몇 장의 주문서를 인쇄해서 가지고 왔다. 노형진은 그걸 보면서 미소 지었다.

"반갑다, 범인아. 후후후."

드디어 중책의 이름을 찾을 수 있었다.

완벽한 건 없다

남궁석진이라는 이름을 가진 사람에 대해 오광훈은 금방 알아 왔다.

"애초에 남궁석진은 가짜 이름이었지만."

오광훈은 머리를 긁적거렸다.

"현금으로 계산했다는 소리를 들었을 때부터 가짜일 거라 예상했잖아."

도색비는 절대 싼 게 아님에도 불구하고 그들은 현금으로 계산했다.

처음에는 알려 주지 않으려고 하던 몇몇 업자들도 그러면 범인은닉으로 처벌받을 수 있다는 사실에 결국 입을 열었다.

세금 몇 푼 아끼려고 하다가 감옥에 갈 수는 없으니까.

"그래도 자동차 번호를 알아낸 것은 큰 수확이야."

"애초에 목적이 그거였으니까."

노형진이 여기까지 온 이유.

그건 다름 아닌 차량의 번호를 알아내기 위해서였다.

"그리고 한국에서는 중고차를 살 때 대포차로는 못 사거든."

물론 대포차가 없는 것은 아니다.

하지만 그건 어디까지나 정선 같은 곳에서 흘러나오는 대포차들이지, 지금처럼 도색까지 해서 나오는 차들은 아니다.

"뭐, 그 신분도 가명이겠지만 말이지."

그 차량들의 번호를 알면 추적은 어렵지 않다.

그리고 그 차량들의 주인은 하나같이 주규현이라는 사람이었다.

"이 사람, 추적해 보니까 주소도 없고 일하는 곳도 없어. 어떻게 생각해?"

노형진은 슬쩍 오광훈에게 물었다.

그도 슬슬 조금씩 사정을 알아 가고 있어, 훈련을 겸한 질문이었다.

"아마도…… 상황을 봐서는 노숙자 아닐까 싶은데?"

"확실히 전보다 나아졌네."

전에는 모른다고 버티더니, 지금은 그래도 조금씩 알아 간다.

"맞아. 상황을 봐서는 노숙자일 가능성이 제일 높아."

노숙자들은 돈만 주면 신분증을 빌려준다.

어차피 막장인 인생이니 포기하다시피 하고 사는 것이다.

"그를 추적해 봐야 아무것도 안 나오겠지."

노형진은 어깨를 으쓱했다.

"그러면 어쩌지? 이제 와서 여기서 흐름이 끊겨졌다고 볼 수는 없잖아. 그냥 그 차들을 압수할까?"

오광훈은 당장이라도 전화를 들어서 이미진에게 전화를 할 태세였다.

전화 한 통이면 당장 이미진은 차들을 압류하려고 덤빌 것이고.

하지만 노형진은 그런 그를 말렸다.

"그러면 그놈들이 꼬리를 말고 도망갈 거야. 알잖아?"

"끄응, 하지만 그래도 잡으려면 방법이 그것뿐인데?"

뭘 하든 결국 경찰과 검찰이 끼면 그들은 꼬리를 말고 도망갈 것이다.

"드러나지 않게 추적하라고 해? 그게 쉬울까?"

"쉽지는 않겠지."

차라는 것은 계속 이동하는 물건이다.

그러니 그걸 감시하면 분명 문제가 생긴다.

"하지만 방법이 없는 건 아니지."

"아니라고?"

"그래. 아까 누구라고 했지? 그 뭐냐, 차명 주인 말이야."

"주규현."

"그래, 그 인간. 그 인간이 과연 어떤 인간인지 조사해 달라고 해."

오광훈은 고개를 갸웃했다.

그럴 수밖에 없는 게, 주규현을 조사해 봐야 나오는 건 그가 노숙자라는 정보뿐일 게 뻔하기 때문이다.

"그걸 조사해서 뭐 하게?"

"내가 원하는 건 그의 개인 정보가 아니라 신용 기록이야."

"신용 기록?"

"그래. 사실 노숙자들은 대부분 비슷한 삶을 살거든."

노형진은 자신 있게 말을 덧붙였다.

"그리고 그게 우리가 추적할 삶이지, 후후후후."

주규현에 대한 조사는 어렵지 않았다.

예상대로 그는 노숙자였고 어디에 있는지 찾을 수도 없었다.

물론 그를 찾으려고 한 건 아니었다.

그를 찾아봐야 아무 소용도 없으니까.

노형진이 원한 건 그가 아니라 그에게 돈을 빌려준 사람들이었다.

"압류를 하라고요?"

"네."

아무리 인생이 막장으로 치달아도 길바닥에서 잠을 자고 싶어 하는 사람은 없다.

최소한 따뜻한 원룸 하나라도 있기를 원하지.

물론 자유 때문에 아예 노숙자의 삶을 선택한 사람이 없는 것은 아니지만, 그 사람은 돌아가고자 한다면 언제든 돌아갈 수 있기 때문에 같은 조건은 아니었다.

'노숙자들이란 결국 삶의 막장에 다다른 사람들이 대부분이지.'

노형진은 눈앞에 있는 사람들을 보면서 미소 지었다.

"그 차량들을 압류하셔서 채권 변제에 쓰시면 됩니다."

"왜 우리한테 이 정보를 주시는 거죠?"

"우리가 원하는 건 그 차량이 아니거든요."

노숙자로, 나락으로 떨어진다는 것.

그건 빚이 있어서 돌아갈 방법조차 없다는 것이다.

노형진의 예상대로 주규현은 사업을 하다가 다 까먹고 길바닥에 나앉은 타입의 사람이었는데, 그 빚이 무려 4억이 넘었다.

'그 정도면 충분히 압류할 수 있지.'

그 돈은 당연히 갚지 못한 채로 쌓여 있었고, 하루하루 이자만 늘어나고 있었다.

"이게 그 차들이 있는 주소지입니다."

어차피 차량은 지역 내에서만 돌아다니기에 노형진이 추

적하는 것은 어렵지 않았다.

그리고 이미진이 검사였기에 검사의 힘으로 그곳의 CCTV를 보는 것 또한 어렵지 않았다.

'다행히 군사 지역이라서 감시용 카메라도 많았고 말이야.'

그래서 노형진 일행은 그 차량들이 정차되어 있는 곳을 쉽게 찾을 수 있었다.

"싫으시다면 저희가 압류를 도와드릴 수도 있습니다."

"으음."

채권자들은 약간은 곤혹스러운 표정이었다.

그럴 수밖에 없는 게, 다른 곳도 아닌 검찰에서 자신들에게 도움을 요청할 줄은 몰랐으니까.

"우리야 어차피 받을 돈이니 압류를 하기는 해야겠지만⋯⋯."

왜 검찰이 끼어든 건지 그들은 이해가 안 간다는 표정이었다.

"사건 수사와 관련해서는 비밀이에요."

노형진에게 연락받고 온 이미진이 잔뜩 상기된 표정으로 말했다.

그녀는 이미 지역의 경찰을 뒤져서 의심스러운 경찰 몇몇을 추려 놓은 상황이었다.

"뭐, 우리가 손해 볼 건 없지요?"

"없습니다. 만일 불안하시면 우리가 채권을 넘겨받는 방식으로 처분해 드리지요. 그렇게 해 드릴까요?"

주규현의 채권자들은 고개를 끄덕거렸다.

어차피 받아야 하는 돈이다.

"뭐, 받을 방법이 있다면 해야지요."

안 그래도 받을 수가 없어서 포기하다시피 한 돈이었는데 방법이 있다면 거절할 필요는 없었다.

"그러면 부탁드려요."

그들의 말에 노형진은 씩 웃었다.

압류 절차 자체는 그다지 어렵지 않았다.

대포차 명의인인 주규현은 이미 사업이 망해서 채무가 많은 데다가 모두 법원에서 판결받은 채무이기 때문이다.

'물론 급행료가 문제이기는 하지만.'

"이거 뭐 하는 짓입니까!"

다짜고짜 몰려든 집행관들에게 당황해서 소리를 지르는 사람들.

그들은 해당 차량을 운전하던 조직원들이었다.

"주규현 씨의 채권 관련 압류를 진행합니다."

노형진은 이미 레커차를 불러서 차량을 압류하러 왔다.

사실 압류는 이런 식으로 진행되지 않는다.

일단 1차로 압류가 진행될 때 소위 말하는 빨간딱지를 붙이고, 정해진 장소에 와서 그 물건들을 대상으로 경매 절차를 진행한다.

'다만 차량의 경우는 특수하지.'

차량의 경우 일단 이동이 편리하다는 점, 그리고 주행거리에 따라 그 가치가 급락한다는 점 때문에 압류를 거는 경우법원의 허가를 얻어서 차량을 정해진 장소로 강제로 끌고 갈수 있다.

"아니, 이게 무슨……."

조직원들은 당황했다.

짭새가 몰려든 거라고 하면 대충 상황을 알고 튀겠지만, 그래 봤자 짭새도 아니고 고작 압류관들이라 생각했을 것이다.

'하지만 애초에 집행관들은 법원 소속이 아니지.'

사람들이 잘못 알고 있는 것 중 하나가 바로 집행관들의신분이다.

그들은 10년 이상의 경력을 가진 법원 또는 검찰의 주사보급의 인력이며, 그 급수를 따지자면 최소 4급, 보통 3급 정도의 힘을 가진다.

쉽게 말해서 경찰서장급의 인력이라는 건데, 이들은 국가소속으로 일하기는 하지만 국가에서 월급을 받는 게 아니라압류의 수수료를 받아 먹고산다.

'그래서 급행료 정도는 충분히 먹히지.'

적당한 급행료만 지급한다면 지금처럼 바로 압류를 진행할 수 있다.

"아니, 이게 무슨 일이야?"

조직원들 중 몇몇이 분위기 살벌하게 나오기 시작했다.

물론 압류한다고 해서 모든 차를 다 압류할 수는 없다.

운행하러 나간 차도 있으니까.

여기에 있는 차량은 고작 다섯 대뿐이다.

"이렇게 숨어 있으면 우리가 모를 것 같았어? 어!"

고래고래 소리를 지르는 오광훈.

"너희가 빚 떼먹고 도망가면 우리가 못 찾을 줄 알았느냐고!"

"빚?"

상황을 모르는 조직원들이 눈을 찌푸리자 압류관 한 명이 그들에게 간단하게 설명해 줬다.

"이거 주규현 씨 차량 맞죠? 말씀드렸다시피 그분 채권 관련 압류입니다."

"이런 씨발."

그들은 눈을 팍 찡그렸다.

그제야 상황이 어떻게 된 건지 알아차린 것이다.

오광훈은 자신이 마치 피해자인 것처럼 계속 소리를 질렀다.

노형진이 부탁한 일이었다.

그래야 저들이 이게 형사가 아니라 민사 건이라 생각할 테니까.

"이 바닥 좁아! 어디 내 돈 떼먹고 도망갈 수 있을 거라 생각했어! 집행관님, 저거 뭐예요, 저거? 냉장고! 세탁기!"

"저건 누구 건지 알 수가 없네요. 확실한 건 이 차량들뿐이라서요."

집행관은 아무래도 집 안까지 밀고 들어가는 게 꺼림칙했는지 어깨를 으쓱하고는 차량만 집행했다.

"채권 해지와 관련해서 풀리면 찾으러 오세요. 이 차량들은 정해진 장소에 보관하겠습니다."

"이런 씨발."

조직원들은 눈을 데굴데굴 굴렸다.

저걸 막자니 일단 경찰이 동행한 상태라 자칫 일이 커질 수도 있다.

당장이라도 지원을 불러올 수 있으니까.

"내가 악착같이 받아 낼 거야! 어! 알겠어! 알겠느냐고!"

차를 끌고 나가면서도 끝까지 악바리처럼 소리를 지르는 오광훈.

노형진은 그런 그를 보다가 피식 웃고 그를 차에 강제로 태웠다.

"사장님, 이제 가셔야 합니다."

"씨발! 내가 남은 돈도 다 받아 낼 거야! 알겠어!"

오광훈은 고래고래 소리를 지르며 노형진에게 이끌려 차량에 타고 그곳을 떠났고, 그 뒤로는 레커차들이 줄줄이 딸려 왔다.

"내 연기 어떠냐?"

"잘하던데? 채권 받으러 많이 다녔나 봐?"

"많이 다녔지. 그쪽 일도 좀 했다."

소리를 질러서 아픈 목을 만져 진정시키면서 오광훈은 피식 웃었다.

"이러면 저놈들은 이게 형사라고는 생각 못 하는 거야?"

"못 하지."

노형진은 어깨를 으쓱했다.

채권자가 나타나서 소리를 질렀고, 집행관들까지 나타났다.

경찰이 있기는 했지만 끼어들진 않았다.

그저 무료한 표정으로 이쪽을 물끄러미 바라볼 뿐이었다.

"만일의 사태에 대비해서 경찰이 출동한 것뿐이니까."

그래서 출동한 경찰은 고작 두 명, 그것도 강력계가 아니라 그냥 순찰을 도는 순경급들이었다.

"아마 보고서가 올라갈 테고 한곳으로 몰려갈 거야. 차는 빼앗기면 안 되니까."

그리고 그 명의를 다른 곳으로 옮기는 작업을 할 것이다.

"그러면 다른 차들을 따라가는 거야?"

"그럴 리가 있냐?"

노형진은 어깨를 으쓱했다.

"그 차들이 한곳에 모인다고 해서 그게 마약 공급책이 되라는 법은 없지."

"그러면 어떻게 잡으려고?"

오광훈은 고개를 갸웃했다.

일단 차를 압류하면 마약 공급 라인을 추적할 수 있다고
했는데 그게 이해가 가지 않았기 때문이다.

"가 보면 알아."

노형진이 압류한 차들과 함께 보관소에 도착했을 때 거기
에는 이미진이 이수종과 함께 기다리고 있었다.

"늦으셨네요?"

"그 애들이 나가려고 하는 걸 방해해서 말이지."

노형진이 차에서 내려서 다가가자 이수종은 기다리지 않
고 가방에서 노트북을 꺼냈다.

"바로 시작할까요?"

"그래. 흔적은 안 남지?"

"제가 바보인가요? 그리고 저런 건 수신 기능만 있지 발신
기능은 없어서 그놈들도 모를 거예요."

"그래?"

"네. 내비게이션에 발신 기능이 있어 봐요. 실시간으로 이
동하는 걸 감시한다는 건데, 뭔 소리가 나오겠어요?"

"그건 그러네. 바로 움직여."

"네."

이수종은 노트북을 가지고 트럭의 운전석으로 들어갔다.

기다리고 있던 이미진은 그 모습을 보고 고개를 갸웃했다.

"이곳에서 기다리라고 해서 기다리고는 있었는데요, 여기

서 어떻게 공급책을 알아낸다는 거죠?"

트럭일 뿐이다.

이미 열어 봤지만 그 안은 텅텅 비어 있었고 말이다.

"차라리 그놈들을 추적하는 게 더 낫지 않았을까요?"

지금쯤 그놈들은 서둘러서 자신들의 조직에 연락하고 있을 테니까.

"아니요. 그럴 수는 없습니다."

노형진은 고개를 흔들었다.

"연락이야 하겠지요. 하지만 이런 조직들의 특징이 바로 연락이 되지는 않는다는 겁니다. 마치 한국의 군대와 같죠."

병사는 소대장에게, 소대장은 중대장에게, 중대장은 대대장에게, 대대장은 연대장에게.

그게 한국 군대의 방식이다.

아무리 다급해도 그 명령 체계를 지키지 않으면 징계가 떨어진다.

"그래서 부패 당사자가 중간에 있는 경우 문제가 됩니다."

"그런가요?"

"아주 심각한 문제죠."

군대 내에서 가장 강력하게 처벌하는 행위 중 하나가 바로 투서다.

쉽게 말해서 상관의 범죄 사항을 더 위의 상관에게 알리는 행동인데……

'그게 범죄로 인식되어서 처벌 대상이란 말이지.'

국방부는 그러한 투서 행위는 상명하복 시스템을 망가트려 군의 기강을 무너트릴 위험이 있다고, 투서를 한 사람을 처벌한다.

국방부뿐만 아니라 경찰 조직도 마찬가지.

'그런데 그게 왜 그렇게 되는데?'

엄밀하게 말하면 그건 내부 고발이다.

그런데 내부 고발자를 처벌하겠다고 아예 못 박아 놓은 것이다.

"그런 걸 보고 구더기 무서워서 장 못 담근다고 하지요."

물론 투서가 활성화되면 그들의 말대로 당분간은 군 기강이 흔들릴 것이다.

하지만 그로 인해 군대가 깨끗해지면 투서와 군 비리는 사라질 것이다.

"으음……."

이미진은 묘한 표정이 되었다.

'그럴 수밖에 없지.'

투서를 처벌하는 조직에는 검찰 역시 포함되어 있으니까.

투서에 대한 처벌, 그건 쉽게 말해서 상위 라인의 범죄를 은폐하기 위해서다.

지금도 마찬가지다.

당장 이건 이미진이 아니라 마약 전담 부서에서 해야 하는 사건이다.

그런데 그녀를 쫓아내기 위해 그녀에게 무리하게 사건을 넘겨 버린 거다.

"너무 기대하지 마세요. 검찰은 그냥 권력 집단입니다."

노형진의 조언에 긴 한숨을 내쉬는 이미진.

"알았어요. 그런데 이들을 어떻게 잡으려고요? 아까도 말했지만 그놈들의 전화를 추적하는 게 제일 좋을 텐데요."

"그러면 중간까지는 잡을 겁니다. 하지만 검찰 내부에 변절자가 없다고 확신하십니까?"

노형진은 대놓고 말했다.

"그건……."

"이 정도 마약 공급 라인이 생겼습니다. 그리고 한만우 씨가 고발도 했지요. 그런데 이 정도로 사건이 진행될 때까지 별 내용이 없었어요. 사실 이미진 씨를 엿 먹이기 위해 넘겼다고 해도, 최소한 전문 수사관 하나는 붙여 주는 게 정상이거든요."

"설마 내부에 누가 있다고 생각하세요?"

"모르죠."

노형진은 어깨를 으쓱했다.

"이게 우연의 산물인지 아니면 저들이 넘어갔는지는."

노형진은 사실 후자라고 생각했지만 말이다.

"그 경우 어떻게 될까요?"

"그건……."

안 봐도 뻔하다.

전화 감청은 당연히 법원의 영장을 통해 진행해야 하는데, 그러면 저들에게 정보가 넘어가서 저들이 바로 모든 전화를 폐기하고 잠수를 탈 것이다.

"하지만 이걸로 어떻게 찾으려고요?"

"내비게이션으로 찾을 겁니다."

"내비요?"

이미진은 고개를 갸웃했다.

내비로 그들을 찾을 수 있다고는 생각하지 않았으니까.

"본진을 주소로 등록해 놨을까요?"

"그러지는 않았겠지요."

똑똑한 놈들이니 그러지는 않았을 것이다.

"다 찾았어요."

그러는 사이에 이수종이 노트북을 가지고 다가왔다.

"다섯 개 전부?"

"뭐, 그 정도 허접한 보안이야 뻔하죠."

"뭘 찾았다는 거죠?"

"출발지요."

"출발지라니요?"

"내비는 사실 사람들이 다니는 대부분의 길을 기억합니다."

그냥 모르는 길만 찾아 주는 게 아니다.

어디서 출발해서 어디로 가는지 모두 기억하고 있다.

"다만 표기를 하지 않을 뿐이죠."

할 필요가 없으니까.

실제로 일부 내비게이션은 출발지를 검색해 주는 기능이 있기는 하다. 거의 안 쓰는 기능이기는 하지만 말이다.

"물론 저들도 길을 다 아는 건 아닐 테니 내비가 필요할 겁니다."

절대적으로 필요할 수밖에 없는 게, 과속 같은 걸로 걸려서 불심검문당하는 걸 피하기 위해서는 내비를 안 달 수가 없다.

"예상대로 사용 기록은 바로바로 삭제했더라고요."

하지만 삭제를 했다고 해도 그건 목적지가 표시된 걸 삭제한 것이지 내부에 저장된 것까지 삭제된 것은 아니다.

"그리고 다섯 대 모두 출발지가 겹치는 곳이 있어요. 두 곳요."

"역시."

노형진은 고개를 끄덕거렸다.

"두 곳이라고 한다면?"

"한 곳은 우리가 아는 곳이에요. 양구죠."

그곳에서 전국으로 마약 배송이 진행될 테니까.

"다른 한 곳은, 빈도수는 무척이나 낮지만 다섯 대 모두 그곳에 갔다 온 적이 있어요."

"어디인데요?"

"공급지겠지요."

누군가는 양구로 마약을 가지고 와야 한다.

그리고 그런 건 보통 돌아가면서 하는 게 일반적이다.

"그래서 그곳은 어디인데?"

내비게이션의 경우 아주 정확하게 위치를 표기한다.

그러니 그 주소지를 찾는 것은 어렵지 않다.

"어디 보자……. 연안군 자율리네요."

인터넷에서 로드 뷰로 해당 주소지를 찾아보는 이수종.

"뷰 끝내주네."

거기에 뜬 해안을 보고 오광훈은 입맛을 다셨다.

로드 뷰 속에 나타난 주소지는 끝내주는 낙조를 자랑하는 곳이었으니까.

"얼씨구? 이거 별장지 같은데요?"

"별장지?"

"네, 그것도 개인 별장지요."

로드 뷰로 입구까지만 찍혀 있는 집.

그 집은 높은 담벼락과 온갖 보안으로 점철되어 있었다.

"이곳이 마약의 근본지라고요?"

이미진은 말도 안 된다는 표정이 되었다.

이 정도 별장을 가진 사람이 뭐가 아쉬워서 마약을 취급한단 말인가.

하지만 노형진의 생각은 달랐다.

"아무래도 우리가 생각보다 더 큰 건을 문 것 같네요."

사진을 바꿔서 항공 뷰를 보는 노형진의 눈에서는 광채가
나고 있었다.

♎

한국은 아직 요트 문화가 발달하지 않았다.

하지만 그렇다고 해서 요트가 없는 것은 아니다.

"그리고 보통 요트는 공용 선착장을 빌려서 보관하지만……."

새론의 회의실.

오광훈과 이미진 그리고 주요 수사관들이 모여서 사건 기
록을 검토하고 있었다.

상황상 내부에 스파이가 있을 가능성이 높기 때문에 비밀
을 유지하기 위해서였다.

"개인 선착장이 없는 건 아니죠. 그리고 이 정도 별장에
개인 요트 선착장이 있는 게 그다지 이상한 것도 아니고요."

노형진이 항공 뷰로 전환해서 본 별장.

그곳에는 개인 요트 선착장이 있었다.

옆에는 작은 요트도 한 척 있었고 말이다.

"이래서 절대로 공급 라인을 못 찾을 거라고 그놈들이 확
신한 거군요."

해상에서 벌어지는 공급을 추적하는 가장 좋은 방법은 배들을 추적하는 거다.

"설마 이 개인 요트로 마약을 나를 거라 생각하시는 거예요?"

고개를 갸웃하는 이미진.

"그건 무리예요. 아무리 개인 요트라고 하지만 움직임은 추적되고 있어요."

대한민국의 모든 선박은 출입을 국가에 신고해야 한다.

그건 개인 선박 역시 마찬가지다.

"이렇게 작은 배라고 해도 신고는 하고 움직여야 해요. 거기에다 이런 배에는 GPS가 달려 있어요. 그걸 마음대로 끄거나 하면 바로 알아차려요. 거기에다 설사 그걸 끄고 나간다고 해도, 우리나라에 레이더가 얼마나 많은데요."

한국은 북한이라는 적성국이자 반국가 단체와 접하고 있고 몇 번이나 그들이 간첩을 바다로 보냈기 때문에 바다에 대한 감시가 철저한 편이다.

물론 망망대해에서 아예 GPS를 끄고 움직이려고 한다면 잡는 게 문제겠지만.

"마약을 그렇게 나를 정도로 이상한 움직임을 해경 쪽에서 모를 리 없죠."

이미진은 그쪽에 대해서는 고개를 흔들었다.

"그건 그럴 수도 있죠. 하지만 요트가 아니라면 이야기는 달라지지요."

"요트가 아니라고요?"

고개를 갸웃하는 이미진.

노형진은 그런 그녀를 보면서 살짝 웃었다.

'하긴, 이런 문제에 대해 잘 아는 세대는 아니지.'

더군다나 여자들은 군대에도 가지 않으니 이런 교육을 받을 기회가 없었을 것이다.

"그 별장 주인은 누구입니까? 그에 따라 예상이 달라지거든요."

"중장신이라는 사람이에요. 원래 중국인이었지만 한국으로 귀화했어요. 재산의 규모는 대략…… 2,002억 정도 되네요. 건물만 네 채를 가지고 있어요."

긴 한숨을 내쉬는 이미진.

"보아하니 자금 세탁용 신분 같네요. 아무래도 우리 예상이 맞을 겁니다."

"도대체 예상이 뭔데?"

오광훈이 고개를 갸웃하자 노형진은 자신이 생각하는 게 뭔지 차분하게 말했다.

"아마도 반잠수정이 아닐까 싶어."

"반잠수정?"

오광훈과 이미진을 제외한 다른 사람들이 일제히 움찔했다.

군대에 갔다 온 사람이라면 한 번은 들어 봤을 테니까.

한때 북한이 한국에 간첩을 투입할 때 가장 많이 쓰던 방식이 바로 반잠수정이었다.

"그게 뭔데?"

"잠수함은 아닌데 선체의 대부분이 물속에 있는 작은 배야. 건조 기술 자체도 어렵지 않고 레이더에도 안 걸리지."

수면 위에 올라오는 부위는 대부분 30센티미터 미만이다.

파도와 겹치는 부분이 많은 데다가 그 위를 고무로 덮으면 일반적인 레이더에는 걸리지 않는다.

"어떻게 아세요?"

"한국에서 제대로 군대에 갔다 온 사람들은 한 번쯤은 듣습니다. 북한에서 많이 쓰니까요. 그리고 미국에서는 그런 걸 쓰는 마약 조직이 흔해요. 자금 세탁을 위해 한국에 들어오는 삼합회 같은 조직이 운영하는 데에는 별로 무리 없을 겁니다. 중국에서 만든다고 하면 큰 반잠수정이라고 해도 몇억 정도면 가능하니까요."

자국 내에서 돈을 세탁하는 건 쉽지 않다.

하지만 해외의 경우 투자하면 그에 따른 신분을 얻기 쉬운 데다가, 그 투자금의 출처도 확인하지 않는다.

"한국은 투자를 5억 이상 하면 이민을 허가하죠."

그리고 저렇게 낙후된 지역에 5억 정도 투자해서 저런 그럴듯한 별장을 지으면 쉽게 신분이 나온다.

"그리고 그가 투자하는 돈에 대해 추적은 안 하니까."

그가 투자라는 명목으로 세탁하면서 한국 진출하는 데 별

문제가 없다.

"전형적인 자금 세탁형 투자 이민입니다."

아마도 그 돈은 삼합회의 돈일 것이다.

그리고 그걸 깨끗하게 세탁하기 위해 나온 신분이 바로 중장신이라는 사람일 테고.

"그런다고 마약을 공급하는 데 절대적 안전이 보장돼?"

"되지. 그 신분이 양쪽에서 보장되니까."

오광훈이 고개를 갸웃하자 노형진은 차분하게 말했다.

한쪽 국적을 포기하는 게 아니다.

양쪽 다 그의 신분을 보장하는 셈이니 섣불리 그를 털어낼 수는 없다.

"그 정도 돈이 있으면 경찰이나 검찰 구워삶는 것은 어렵지 않은 일일 테고."

"그 반잠수정이라는 게 그렇게 안전하다고? 기록을 보니까 몇 번 잡힌 모양인데."

"그건 그 애들이 물 위에 올라올 때 잡힌 거지."

반잠수정이라는 게 물이 들어와도 가라앉지 않는 것은 아니다.

도리어 물 위에 떠 있는 공간이 작아서, 파도가 조금만 높아도 물이 배 안까지 들어차 침몰하기 딱 좋다.

"그래서 옛날에는 배에서 내릴 때 선박이 물 바깥으로 최대한 많이 나왔지. 침몰은 하지 말아야 하니까."

"지금은?"

"지금도 마찬가지야."

다른 기술들은 많이 발전했지만 사실 반잠수정의 기술은 딱히 발전할 필요가 없었으니까.

"그러면 안 걸린다는 건 말이 안 되잖아."

"그건 그렇지. 바다라면 말이야."

"아……."

분명 별장 내부에는 선착장이 있었다.

그것도 개인 선착장이.

"그런 곳은 파도도 없고, 반잠수정이 떠오른다고 해도 걸릴 만한 일이 없지."

"설마?"

"한국은 아직 반잠수정으로 들어온 마약을 잡아 본 기록이 없습니다. 하지만 미국은 다르죠."

미국에서도 상당히 곤란해하는 것이 바로 반잠수정을 이용한 마약 공급이다.

"사람을 통해 넣는 게 가장 작은 마약 집단입니다. 그다음 규모가 비행기고, 진짜 돈 많은 카르텔들은 이런 반잠수정을 이용하죠."

자본주의국가인 미국에서 개인 선착장을 가진 집을 구하는 건 어렵지 않으니까.

"반잠수정 공급 라인은 한번 만들어 두면 안정적으로 어마어마한 공급을 할 수 있습니다."

한 번에 최소한 몇십 킬로그램 이상의 마약을 공급할 수 있는 라인이 완성되면 대한민국에 마약이 퍼지는 것은 순식간이다.

"애초에 이번에 라인 완성에 들어간 돈이 생각보다 많았어요."

이중 거점 전략을 쓰고 다수의 차량을 현금으로 구입하고 오광훈의 전 조직원들에게 3억씩 돌리고.

"일반적인 조직이라면 감수할 정도가 아니죠."

하지만 삼합회라면 다르다.

그들이 한국에 마약 라인을 제대로 구축할 수만 있다면 그 돈은 한두 달 내에 뽑아낼 수 있다.

"그리고 구조를 보세요."

"구조?"

오광훈이 고개를 갸우뚱하자 노형진은 지도상의 선착장 부분을 손가락으로 짚었다.

"이 선착장의 구조를 봐. 바깥으로 툭 튀어나와 있지? 못해도 두 개 이상은 접안하게 되어 있어. 그런데 요트는 하나란 말이지."

"아아……."

하나만 접안할 수 있는 선착장과 두 대 이상의 배를 접안할 수 있는 선착장은 공사비 자체가 다르게 들어간다.

"그런데 아무리 개인적으로 요트를 가지고 있다고 하지만

두 개씩 접안할 수 있게 만들 필요는 없거든."

결국 한쪽은 다른 뭔가를 댈 목적으로 만들어진 거다.

"그러면 등록된 그 요트는요?"

"선착장만 있으면 의심스러울 테니까요. 그러니 눈가림용일 겁니다. 아마 요트가 있지만 출항 기록 자체는 그다지 많지 않을 거예요."

수사관 한 명이 서류를 뒤적거렸다. 그러더니 이내 고개를 끄덕거렸다.

"맞네요. 지난 3년간 출항한 게 고작 10회 정도밖에 안 됩니다."

그러니까 1년에 세 번 정도라는 거다.

"요트를 가지고 있는 사람이 그렇게 안 나가는 경우도 드물죠."

결국 눈가림용으로 만든 거라는 소리다.

"반잠수정이라는 게 그렇게 쉽게 만들 수 있는 거였어?"

오광훈은 어이가 없었다.

북한에서 스파이용으로 쓴다고 해서 무슨 첨단 무기인 줄 알았더니 그런 것도 아니라니.

"시대가 바뀌었잖아."

과거에는 첨단 기술의 집약체였다 해도 지금은 아니다.

"하물며 관광용도 아니고 그냥 대충 방향만 맞춰서 움직일 수만 있으면 되는 건데 얼마나 나오겠어?"

노형진은 그렇게 말하면서 뭔가를 찾아서 내밀었다.

"봐 봐. 한국에서도 민간 기업이 반잠수정을 만들어서 팔고 있다고."

"뭐야? 고작 5천만 원?"

2인용 반잠수정이 고작 5천만 원.

그나마도 관광용으로 아크릴을 붙여 놔서 그렇게 비싼 거다.

"만일 깡통으로 만들어서 방향만 알 수 있게 한다고 하면 얼마나 나올 것 같아?"

"끄응…… 그러네."

당장 이 5천만 원짜리도 말이 2인승이지, 두 명 다 타고도 최소한 마약 300킬로그램 이상은 나를 수 있는 사이즈다.

"반잠수정을 이용한 마약 공급이라니…… 전 생각도 못 했어요."

이미진은 입술을 깨물었다.

'나도 생각 못 할 뻔했습니다.'

노형진은 물끄러미 선착장의 사진을 바라보았다.

지금까지 이런 경험이 없는 한국 경찰은 아마 꿈도 꾸지 못했을 것이다.

노형진 또한 미국에서의 경험이 없었다면 생각하지 못했을 테고.

"그러면 어떻게 잡지요? 바로 영장 받을까요?"

"그건 무리입니다."

노형진은 고개를 흔들었다.

"언제 올지도 모르고, 영장을 받는 순간 저들의 귀에 들어간다고 봐야 해요."

"끄응……."

그게 문제다.

받아서 보관하는 것도 아니고 바로 양구로 옮겨 버리는 방식을 쓴다면, 털어 봐야 나오는 게 없다.

"반잠수정을 잡지 못하면 우리가 도리어 엉뚱한 누명을 씌운 꼴이 됩니다."

평소라면 사과로 끝낼 수 있는 일이지만 지금은 아니다.

"지금은 이미진 씨가 실수할 기회만 노리고 있으니까요."

아마도 이 문제를 외교적 문제로 비화시킬 테고, 그걸 핑계 삼아서 이미진을 체포하려고 할 가능성이 높다.

"그러면 어쩌죠?"

곤란한 표정이 되는 이미진.

그의 말이 맞다.

이건 현장을 잡지 못하면 심각한 문제가 될 수밖에 없다.

"그 현장을 잡을 겁니다."

"어떻게요? 그리고 지원을 요청하면 저쪽 귀에 들어갈 건데요."

"걱정 마세요. 우리가 지원 요청할 사람들은 다른 소속이거든요. 후후후. 아마 한국에서 가장 강력한 사람들일 겁니다, 후후후."

"씨발, 너 진짜 존경스럽다."

찰랑이는 바다.

도시와 다르게 밤하늘에는 별이 반짝거렸다.

노형진은 오광훈과 함께 배 위에서 느긋하게 낚시를 즐기고 있었다.

"머리 엄청 좋다. 어떻게 이런 생각을 했냐?"

"나 머리 좋은 거 이제 알았냐?"

찰랑거리는 바다에서 오광훈과 쓸데없는 농지거리를 하며 노형진은 슬쩍 아이스박스를 바라보았다.

그 안에 가득한 생선들.

"그나저나 이건 어쩌냐?"

"뭐, 줄 사람이 없겠냐? 회사에 뿌려도 된다."

"뭐, 그렇기는 한데."

노형진은 바다를 바라보면서 중얼거렸다.

"여자가 가장 싫어하는 취미가 낚시라는데 다행히 난 낚시는 안 맞네."

"난 재미있는데?"

"그러다 너 큰일 난다. 이혼당해. 꿈에서 눈물 나게 하면 공구리 친다고 했다면서?"

"아, 씹…… 그 이야기는 왜 해? 안 그래도 지금 이상한 소문나서 죽겠구면."

울상이 되는 오광훈을 바라보며 노형진은 키득거리면서 웃었다.

"그러니까 잘해 줘."

"아니, 내가 무슨 고자도 아니고 뭐만 하면 철컹거리면서 뭘 잘해……."

막 따지고 들려던 오광훈.

그 순간 선장실에서 한 남자가 허겁지겁 바깥으로 나왔다.

"왔습니다."

느긋하게 있던 두 사람은 벌떡 일어나서 안으로 들어갔다.

그리고 안쪽에 있는 화면, 그러니까 어군탐지기를 바라보았다.

"빙고."

어군탐지기에 나타난 커다란 무언가는 천천히 한국 쪽, 정확하게는 그 별장 쪽을 향해 가고 있었다.

"찾았다."

어군탐지기. 쉽게 말해서 물속에서 쓰는 레이더다.

다만 그 특징상 공중에서 쓰는 레이더보다는 성능이 떨어진다.

그리고 민수용, 그러니까 민간용에서 쓰는 물건은 그 폭이

넓지 않다.

'질이 안되면 양이지.'

노형진은 어군탐지기가 있는 배들을 빌려서 일정 간격으로 늘어놓아 둔 것이다.

그들이 만든 반잠수정이 얼마나 좋은지는 모르지만 결국은 바다에서 최대한 단거리로 움직이려고 할 테니까 중국 쪽에서 올 때 거쳐 갈 수밖에 없는 곳이 있기 마련이니, 그곳에 배치한 것이다.

"잡힌 것 같네. 그쪽은 어때?"

화면에 나타난 커다란 무언가.

그건 그다지 빠르지 않은 속도로 다가오고 있었다.

'예상대로야.'

깡통으로 만든 반잠수정에 스텔스 기능이 있을 리도 없거니와 장거리 감시 체계도 없을 테니까.

─여기도 커다란 뭔가가 잡혔어요. 대략 12미터쯤 되는 놈이에요.

이미진이 타고 있는 배에서도 흔적이 발견되었다.

즉, 두 척의 배가 위치를 정확하게 잡았으니 기계 고장으로 나타난 그림자일 가능성은 없다는 소리다.

"자, 그러면 역사적인 낚시를 한번 해 볼까?"

노형진이 고개를 끄덕거리자 선장이 옆에 있던 무전기를 집어 들었다.

"여기는 영광 33호. 지금 영광 21호랑 밤낚시 손님들을 데리고 나왔는데 어군탐지기에 뭐가 걸렸어. 어? 이거 아무리 봐도 잠수함 같은데?"

이런 일이 터지면 당연히 이 소식은 군부대로 간다.

그리고 해군에게 있어서 적 잠수함의 등장은 일생일대의 빅 이벤트.

"자, 우리나라 최강의 조력자들이 나서는 걸 구경 좀 해보자고, 우후후."

애애앵!

갑작스럽게 울린 긴급 출동 사이렌.

그걸 듣고 출동한 배들은 잔뜩 긴장한 채로 바다를 주시했다.

"지금 밤낚싯배의 신고에 따르면 길이 12미터 정도 되는 물체가 수중으로 항주 중이랍니다. 목표는 한반도 남쪽. 출발 방향은 중국 쪽이 될 수도 있고 북한 쪽이 될 수도 있습니다."

"씨발. 요즘 잠잠했잖아?"

잠수정을 통한 간첩 침입이 멈춘 지 벌써 10년이 넘었다.

그런데 또 잠수정이라니.

"모르죠. 우리 경계 상태를 확인하기 위해서일 수도 있습니다. 어찌 되었건 우리로서는 그냥 둘 수 없습니다."

부함장은 함장과 다른 장교들에게 상황을 전달하고 있었다.

"현재 가장 가까이에 있는 선박은 우리입니다. 이거 놓치면 일 커집니다. 무슨 뜻인지 아시죠?"

다들 침을 꿀꺽 삼켰다.

작전에 실패한 장군은 용서해도 경계에 실패한 장군은 용서 못 한다는 말이 있다.

하물며 정확한 위치까지 보고가 들어왔는데 그걸 못 잡으면 함장 이하 장교들은 모조리 옷을 벗어야 한다.

"최소한 위치라도 잡아서 추적해야 합니다."

"그런데 어디 건지 알 수는 없답니까?"

"모르죠. 잡아 봐야 알겠지요. 하지만 중국 건 아닐 거라 생각합니다."

중국이 이런 식으로 간첩을 보낼 이유가 없다.

그냥 가짜 신분 하나 만들어서 보내면 그만이다.

거기에다 중국에는 12미터짜리 반잠수정이 없다.

그딴 게 필요가 없으니까.

군사적으로 중국은 절대 약한 나라가 아니다.

그런 게 실전으로 쓰일 만한 곳은 이 주변에는 북한 정도.

대부분 그렇게 생각하고 있었다.

"꼭 잡아라. 알았나?"

이걸 잡느냐 마느냐에 승진이냐 좌천이냐가 달려 있는 함장은 잔뜩 기대하는 눈치였다.

"우리가 잡아야 해. 초계기를 띄워서 잡기 전에 잡아야 한다."

전공을 절대 나눌 생각이 없는 함장의 말에 다들 고개를 끄덕거렸다.

배 위에서는 함장의 말이 곧 법이니까.

"뭔가 잡혔습니다!"

그 순간 소나를 뚫어지게 바라보던 장병의 목소리가 브리지에 울렸고, 모두의 시선이 그쪽으로 쏠렸다.

"8노트의 속도로 멀어집니다. 깊이로 봐서는 반잠수정 같습니다. 중국 쪽으로 도피하려는 것 같습니다."

"전속력 항진!"

함장은 신이 나서 외쳤다.

잠수함을 잡는 구축함이다.

잠수함도 아닌 반잠수정 정도는 쉽게 잡을 수 있다.

"조금 더 가면 중국 쪽 영해입니다. 어떻게 할까요?"

"어떻게 하긴, 경고사격 해!"

반잠수정은 함포만으로도 충분히 격침시킬 수 있다.

중국 쪽으로 넘어가게 그냥 두면 그도 곱게 넘어가지는 못할 테니 그는 다급하게 경고사격을 명령했고, 10여 발의 함포가 반잠수정의 주변에 떨어졌다.

"적 함정, 속도를 낮추고 있습니다."

"잡았다!"

함장은 주먹을 불끈 쥐었다.

간첩선을 잡으면 별까지는 무난하기에 그의 눈에는 벌써 별이 반짝거리고 있었다.

"적함, 완전 정지. 접근하겠습니다."

"혹시 어뢰정일 수 있으니 조심해. 이 빨갱이 새끼들이 자폭하거나 할 수도 있어."

최후까지 방심하지 않고 접근하려고 하는 찰나, 통신 하사관이 무전을 받고는 황당한 표정으로 다가왔다.

"함장님, 지금 본부에서 연락이 왔는데……."

"뭐라는데? 설마 저놈을 그냥 보내라는 개소리는 아니지?"

"그건 아닌데, 이쪽으로 중국 삼합회가 마약을 나르는 반잠수정을 운영 중이라는 첩보가 들어왔답니다."

"뭐?"

"검사 측에서 연락이 와서 나포를 도와 달라고……."

모두의 시선이 멈춰 있는 레이더상의 무언가로 향했다.

⚖️

"깡통 반잠수정에 어뢰가 있겠어, 아니면 뭐가 있겠어?"

10여 발의 경고사격을 받은 반잠수정은 결국 엔진을 멈추고 항복할 수밖에 없었다.

아무리 빨라도 구축함보다는 느리고 포탄보다는 더 느리니까.

"그 안에서 마약만 300킬로그램이 나왔다고 아주 난리가 났더라."

오광훈은 입맛을 쩝쩝 다시며 말했다.

한 번에 300킬로그램.

이번에 잡지 않았다면 도대체 한국에 얼마나 많은 마약이 뿌려졌을지 감도 못 잡을 지경이었다.

"아마 벌써 1천 킬로그램 이상 뿌렸겠지."

그들이 나타난 건 1년 반 전쯤.

그 기간 동안 얼마나 많은 양이 반입되었는지는 조사해 봐야 나올 것이다.

"이미진 씨는 어때?"

"영웅이 된 거지."

여자 검사가 비밀리에 수사한 끝에 반잠수정의 존재를 알아내서 추적했다.

국방부에서는 그걸 나포함으로써 그 존재를 확인했고 말이다.

"쫓아내려고 떠넘겼던 전담 팀은 똥 씹은 표정이야."

아마도 한국 역사에 두 번 다시 없을 큰 건수를 빼앗겼다고 생각할 것이다.

"하지만 이제는 어쩔 수가 없겠지."

지금 그녀는 영웅이 되었고 상부에서는 그녀를 영웅화해서 안 그래도 안 좋은 검찰의 이미지를 재고하려고 하고 있다.

그런데 그런 그녀에게 뻘짓을 하면 당하는 것은 그들이다.

"마약 수사 팀에서 이제라도 자기들 끼워 달라고 읍소하는 모양이야."

"뭐, 아쉽지만 끼워 줘야지."

아무리 그녀가 이번에 운이 좋아서 잡았다고 해도, 반잠수 정까지 만들어서 공급할 정도의 조직을 상대하기에는 경험 도 실력도 부족하다.

"중요한 건 일단은 해결이 되었다는 거야. 일이 어마어마 하게 커졌지만."

노형진은 머리를 긁적거렸다.

'반잠수정 마약이라…….'

노형진은 회귀 전 한국의 상황을 생각하고는 고개를 흔들 었다.

'그러고 보니 급속도로 마약이 퍼지기는 했지.'

생각해 보면 빠른 속도로 마약이 퍼지기는 했다.

그리고 경찰과 검찰은 결국 그 공급 라인을 찾아내지 못했 고 말이다.

'반잠수정이라면 찾을 수 있을 리 없지.'

그나마 이번에는 잡을 수 있었다는 게 다행이라면 다행인 거다.

"삼합회에서 당분간 조용하려나?"

"조용하겠지."

300킬로그램의 마약이면 절대 작은 양이 아니다.

수사에 들어가면 더 많은 양이 털릴 테니, 아무리 삼합회라고 해도 움찔할 수밖에 없다.

"나도 나름 만족스럽기는 하네."

오광훈을 죽였던 놈들 역시 줄줄이 잡혀 들어가고 있었다.

그들이 입을 열면 다른 조직도 드러나리라.

"당분간은 조용하겠지만……."

노형진은 안다, 마약이라는 것은 하는 놈도 그걸 파는 놈도 끊어지지 않는다는 것을.

"언젠가는 다시 오겠지. 언젠가는."

그때는 한국이 준비되어 있기를 바랄 뿐이었다.

서부의 꿈

"마이스터에 공격요?"

노형진은 자신의 귀를 의심했다.

마이스터는 노형진이 세운 투자회사로, 상당한 규모를 가지고 있는 곳이었다.

그런데 지금 그가 들은 것은 다른 곳도 아니고 마이스터에 대한 공격이 들어오기 시작했다는 소식이었다.

"그렇습니다."

로버트는 심각한 표정으로 말했다.

"작게는 투자자들의 돈을 빼 가는 것부터, 심하게는 우리가 투자한 회사에 대한 공격까지 이루어지고 있습니다."

"아니, 왜요? 이해가 안 가는데요."

노형진은 그 부분이 이해가 가지 않았다.

마이스터에는 자신의 돈뿐만 아니라 수많은 투자자들의 돈이 함께 들어 있다.

당연히 그 돈이 적지 않다.

그 말인즉슨, 마이스터를 공격한다는 것은 그들에 대한 공격도 함께 한다는 소리나 마찬가지다.

"설마 과거처럼 무슨 인종차별적 문제로 인한 건가요?"

노형진은 본인이 말해 놓고도 스스로 고개를 흔들었다.

과거에 인종차별적 공격이 있어서 해결했던 적이 있지만 지금은 그때와 시대가 다르다.

더군다나 규모 자체도 다르다.

그 당시 공격도 대상에 대한 인신공격이었지, 자금 공격은 아니었다.

"몇몇 곳이 제휴해서 공격을 시작했습니다. 주로 우리랑 적대적 관계에 있는 투자회사들인데……."

"끄응……."

돈은 유한하다. 절대 자연 증식하지 않는다.

그 말은 마이스터가 돈을 벌면 누군가는 돈을 잃어야 한다는 소리다.

'그렇겠지.'

노형진이야 미래의 기억이 있고 사이코메트리를 이용해서 주요 인물들에게 접근할 수만 있다면 사업 계획을 다 뽑아낼 수 있으니 어려울 게 없다지만, 일반인은 그러지 못하는 것이 현실이다.

"그 손실에 대한 보복인가요?"

말도 안 되는 도전으로 인해 어마어마한 수익을 낸 마이스터.

그리고 마이스터에 계속 손실을 입고 심지어 손님까지 빼앗기고 있는 다른 기업들.

"우리가 크다고 하지만 아직 전 세계적인 규모에는 약간 못 미치니까요."

사실 마이스터의 이름이 유명한 것은 유통하는 자금의 규모도 있지만 어마어마한 성공률 때문이다.

"무슨 뜻인지 알겠습니다. 투자자가 바보가 아닌 이상에야 우리에게 오려고 하겠지요."

"네. 특히나 지금 선봉에 선 자릴투자금융은 우리한테 투자금의 3분의 1 정도를 빼앗겼습니다."

그러니 그들은 눈이 뒤집어질 수밖에 없을 것이다.

그리고 마이스터가 존재하는 한 그러한 기조는 계속될 거라 생각했을 가능성이 높다.

"아무래도 우리 외의 다른 곳들에서 동시에 움직이는 듯합니다."

자릴투자금융 정도면 다른 투자회사들을 움직일 수 있고, 그들이 뭉쳐서 마이스터에 대한 공격을 할 수 있다.

'이건 의외의 경우인데?'

투자회사 자체에 대한 공격은 그다지 많은 편이 아니다.

하지만 아예 없는 것은 아니다.

결국 돈이라는 것은 한정된 물건이니까.

"본사에서는 최대한 방어하고 있습니다만, 쉽지 않습니다."

"자산이 부족한 겁니까?"

아무리 노형진이 성공했다고 해도 회사는 회사고 노형진은 노형진이다.

노형진이 자신의 자산을 마이스터의 전쟁에 다 꼴아박을 수는 없는 노릇이다.

"그것보다는 미 정부에서 움직였습니다."

"네? 아니, 그게 뭔 개 같은 소리입니까?"

자릴이야 그렇다고 쳐도 미 정부에서 왜 움직인단 말인가?

'CIA? 아니야. 그 애들이 그럴 리 없지.'

그들은 마이스터의 내부에 스파이를 심어서 투자 정보를 빼내 가고 있고, 그걸로 상당한 수익을 내고 있다.

그런 만큼 자신들을 공격할 이유가 없다.

공격할 이유를 따진다고 하면…….

"설마 DIA?"

로버트는 씁쓸한 미소를 떠올렸다.

"싯팔."

노형진은 저절로 욕이 나왔다.

DIA. 미국의 국방정보국.

그들은 노형진과 악연이 있다.

정확하게는 그들이 감추려고 했던 국방 비리를 이용해서 노형진은 이득을 챙겼고, 미국의 최신 항모 설계도까지 빼돌렸다.

물론 그것까지는 모르겠지만.

"우리가 드러난 부분은 없었던 것 같은데요."

"공식적으로는 그렇지요. 하지만 미국의 정보력을 너무 만만하게 보지 마십시오."

"하긴."

DIA쯤 되면 아무리 증거가 없다고 해도 노형진 측이 연관되었다는 심증 정도는 품을 수 있을 것이다.

"그리고 그들이 보복을 하기에는 그걸로 충분하겠죠."

그 사건으로 인해 미 정부 입장에서는 장기적으로 막대한 예산을 아낄 수 있게 되었지만 그들 입장에서는 막대한 뇌물을 잃어버리게 된 셈이었을 테니까.

"거기에다 주요 라인이 몰락한 이유이기도 하고."

노형진은 긴 한숨을 내쉬었다.

"확실히 우리를 미워할 만하네요."

사실 돈을 잘 번다고 해도 몇몇 곳이 제휴해서 공격한다는 것은 사실 무리가 있는 일이다.

'하지만 DIA가 뒤에 있으면 이야기가 달라지지.'

공식적으로는 국방부 소속이라지만 그렇다고 해서 민간인

에게 힘을 쓰지 못한다는 것은 아니다.

도리어 어떤 면에서는 CIA보다 훨씬 힘이 세다.

CIA는 법적으로 해외만 취급하게 되어 있으니까.

"그들의 파벌이 힘을 많이 잃어버리기는 했지만 보복할 힘은 남아 있다는 거군요."

"그럴 겁니다."

"CIA를 통해 막는 방법은?"

"없습니다. 사이가 안 좋거든요."

"그럴 만하죠."

그 항모 사건 때 CIA를 통해 엿을 먹였으니까.

"와, 이거 어떻게 한다?"

노형진은 머리를 긁었다.

아무리 생각해도 이건 답이 안 보였다.

다른 곳도 아닌 국가의 조직을 상대로 싸우는 일이다.

그것도 정보 조직을 말이다.

"CIA의 힘만으로는 부족합니다. 다른 곳의 도움을 청해야 합니다."

"그런데, 청한다고 도와주겠습니까?"

도와줄 리 없다.

설사 도와준다고 해도 노형진에게 어마어마한 보상을 요구할 것이다.

노형진이 미다스인 걸 알게 되었을 때 그들이 뜯어낼 수 있는 게 어디 한두 개뿐이겠는가?

"그렇다고 그냥 둘 수는 없습니다. 일단 우리가 할 수 있는 건 그들에게 적당한 대가를 내놓는 것이……."

"적당한 대가라……."

노형진은 살짝 눈을 찌푸렸다.

적당한 대가. 그게 제일 어려웠다.

"좀 고민을 해 보죠."

⚖️

노형진은 로버트를 숙소로 보내고 자신의 사무실에서 진지하게 고민을 했다.

적당한 대가를 준다면 아마도 그들은 물러날 것이다.

'하지만 이런 경우 시작은 있지만 끝은 없지.'

정보 조직이라는 곳은 결국 누구도 모르는 음지의 돈이 많이 필요한 곳이다.

그래서 CIA가 노형진에게 우호적인 거다.

따라다니면서 떨어지는 떡고물만 주워 먹어도 이득이 적지 않으니까.

'과연 DIA가 그걸로 만족할까?'

노형진은 이내 고개를 흔들었다.

항모 사건 당시 그들의 행동을 감안해 본다면 절대 그들은 그걸로 만족할 만한 조직이 아니다.

"결국 더 강력한 게 필요하다는 건데."

적당히 협상은 할 수 있되, 그들이 다시 섣불리 욕심을 내기는 힘든 물건들.

"항모 설계도? 아서라."

그랬다가는 협상이 아니라 총알이 날아올 것이다.

그건 아무리 CIA라고 해도 실드 쳐 줄 수 있는 게 아니다.

'더군다나 그건 나중에 써야 해.'

한국에 줄 수도 있고 중국에 협상거리로 줄 수도 있다.

사실 애초에 미국 설계도인 만큼 미국에는 그다지 큰 메리트가 없다. 넘겨준다고 해도 노형진이 당연히 복제해 두었을 거라 생각할 테니까.

'내 수명만 줄이는 거고.'

노형진은 머리를 긁적거렸다.

그렇다고 해서 그냥 당할 수는 없는 노릇.

"아, 어쩌지?"

생각지도 못한 상황에 머리를 부여잡고 끙끙거리는 노형진.

"미국에서 탐낼 만한 거 뭐 없나? DIA뿐만 아니라 미 정부랑도 이참에 우호 관계를 만들어 놔야 할 것 같은데."

하지만 마땅한 게 없었다.

"뇌물? 그것도 끝이 없고."

물론 주려면 줄 수도 있다. 하지만 DIA와 싸울 정도의 힘을 쓰려면 절대 작지 않은 요구를 할 것이다. 정보 조직이라는 것은 정치인들의 약점도 모으려고 하는 성향이 있으니까.

"진짜 욕 나오네."

그렇게 욕하던 중 우연히 어떤 책이 노형진의 눈에 들어왔다.

"미국의 역사라……."

미국에 갔을 때 선물받은 책이었다.

물론 상대방은 노형진이 미국의 역사를 잘 알아줬으면 해서 준 것이지만, 노형진은 회귀 전에 미국에 살았기 때문에 생각보다 그들의 역사를 더 잘 알고 있었다.

"미국 역사라고 하지만 뭐 생각보다 짧아서 말이지."

그러니 아무래도 그 전반적인 내용을 기억하는 게 어려운 일은 아니었다.

"역사가 짧다고 해도 인간이 바뀌는 건 아니지만."

머리를 북북 긁던 노형진의 머릿속에 문득 한 가지 기억이 스치고 지나갔다.

바로 회귀하기 전 미국이 시끄러웠던 일.

물론 범죄는 아니었다. 그러나 그 반향은 엄청났다.

"그러고 보니 혹시나."

노형진은 역사서를 꺼내서 뒤적거렸다.

하지만 그가 찾는 내용은 없었다.

"하긴, 미국 입장에서는 흑역사니까."

그러나 그 흑역사가 몇 년 후에 크게 알려지는 일이 있었다.

레톤탐정사무소 사건. 최후까지 해결되지 않은 사건.

"어쩌면……."

노형진은 눈을 반짝거렸다.

"레톤탐정사무소요?"

노형진은 바로 미국으로 향했다. 그리고 미국으로 가는 비행기 안에서 로버트에게 아는 것을 물었다.

아니나 다를까, 그는 그런 곳에 대해 전혀 알지 못하고 있었다.

"처음 들어 보는데요."

"미국 정부에서는 잘 알리지 않을 테니까요. 미국 정부의 창피한 부분이었으니까요."

"그게 뭔데요?"

"말 그대로 탐정사무소입니다."

"그게 흑역사가 될 게 뭐가 있다고요?"

고개를 갸웃하는 로버트.

하지만 이내 노형진의 말에 눈을 찌푸렸다.

"한때는 그들의 힘이 미국 국방력을 상회하던 시절이 있었으니까요."

"네? 아니, 잠깐만요. 그게 무슨 말이죠? 그게 가능할 리 없잖습니까?"

"지금이야 턱도 없죠. 하지만 미국의 개척 시기라면?"

"네?"

"미국의 개척 시기에, 아직 국가로서 형태가 완성되지 않은 상황이라면?"

"그건……"

"거기에다 남북전쟁이 끝나서 극단적으로 병력이 줄어든 상황이라면?"

로버트는 입을 다물었다.

확실히 그럴 수도 있는 일이었다.

"제가 모르는 역사인가 보네요."

"모든 역사를 다 알려 주지는 않지요."

"그런데 그게 왜 중요한지 모르겠습니다."

"레톤탐정사무소의 개념부터 알아야 합니다."

미국은 처음부터 강한 나라가 아니었다.

서부가 개척되고 그 와중에 남북전쟁이 터지고 국가는 극도로 혼란해져서, 조금만 수틀리면 결투라는 이름하에 서로에게 총질을 하는 시대.

영화에서는 서부 시대라 칭하면서 개척 정신을 이야기하지만 사실 좋게 말해서 개척 정신이지 미 정부의 행정력은 전 영토에 미치지 못했다.

"당연히 그 당시에는 무법자가 넘쳤죠."

"그건 압니다."

"그걸 제압한 게 누구라고 배웠나요?"

"그건 보안관이나 경찰이 하는 거 아니었나요?"

"그게 가능하다고 생각하세요?"

보안관 한 명이 수십 명을 제압하는 건 영화에나 나오는 일이다. 한 명이 쏘는 총과 수십 명이 쏘는 총은 그 명중 확률의 차이가 심했다. 심지어 그 당시는 총기의 명중률이 그다지 좋지도 않은 시기였다.

"수십 명씩 몰려다니는 갱단이 있던 시대였습니다. 크게는 백 단위도 있었다고 하더군요. 그런데 한 마을에 보안관이 얼마나 될까요? 고작해야 서너 명?"

"으음."

"그래서 갱단에 약탈당한 마을도 많았죠."

"그건 그랬죠."

영화가 어찌 되었건 보안관은 치안력을 확보하기에 부족했고 그 때문에 마차에서부터 기차, 심지어 마을까지 안 털리는 게 없었다.

"그래서 발생한 것이 탐정사무소입니다. 지금으로 보자면 민간 군사 기업 같은 존재들이죠."

총기 휴대가 자유로운 시절.

철들면 권총 하나씩은 다룰 줄 알아야 하던 시절.

'탐정사무소'라는 이름을 걸고 나타난 그들은 어떻게 보면 갱단과 비슷했다.

"다만 다른 것은 그들은 무법적인 갱단과 다르게 의뢰를 받고 움직였다는 겁니다."

작게는 경호에서부터 크게는 갱단의 소탕까지, 그들은 그 모든 일을 다 했었다.

심지어 대통령 경호까지 그들이 하던 시절도 있었다.

"한때나마 그들은 미국의 군사력을 압도하기도 했지요. 그래서 미 정부에서 그들의 힘을 빼기 위해 법을 만들기도 했고요."

"으음…… 그건 알겠습니다. 그런데 그거랑 우리랑 무슨 관계가 있는지 모르겠네요."

로버트는 이해가 안 갔다.

벌써 몇백 년 전 이야기다. 지금 떠들어 봐야 자신들에게 아무런 이득이 없다.

"중요한 건 그 이후입니다. 레톤탐정사무소는 그 당시 미국에서도 손꼽히는 조직이었습니다. 갱단을 처리하고 현상수배범을 체포했으며, 필요하면 전쟁에도 동원되었지요."

"그래서요?"

"그런데 갱단이 그냥 꿀만 빨아서 갱단일까요?"

"네?"

"갱단이 꿀만 빨고 그냥 총질만 해서 갱단일 리 없지 않습니까?"

그들은 어마어마한 도둑질을 하고 다녔기에 갱단인 것이다.

사실 온 나라를 돌아다니면서 살인을 일삼고 일가족을 살해하고 그 집에서 돈이 되는 건 닥치는 대로 훔쳤다.

마차와 기차, 집이나 마을 그리고 은행까지, 갱단이 안 터는 곳이 없었다.

심한 경우는 작은 마을 하나가 통째로 사라지기도 했다.

"그런데 정작 그들이 빼앗아 간 물건에 대한 보고는 없었지요."

"그게 무슨 말입니까?"

갱단을 추적해서 처단하면 업무 종료로 보고된다.

하지만 그들이 훔쳤던 물건에 대한 이야기는 없다.

물론 특정 채권 같은 것은 분명 돌아왔다.

하지만 많은 사람들이 미국으로 이민 오던 시기였기에 당연히 사람들은 집안의 보물이나 가보, 또는 귀중품들을 가지고 들어왔다.

"하지만 갱단에게 살해당하고 빼앗겼죠. 그리고 그들은 레톤에게 토벌당했고요."

토벌한 후 레톤은 그 자산이 어디에 있는지 찾을 수 없었다는 보고만 올렸다.

그 당시에는 그런 일이 너무나 흔했다.

사실 어디 땅을 파서 묻어 두면 찾을 길은 요원했고 말이다.

"그 말은 레톤이 그 보물들을 빼돌렸다?"

"네, 아마도 그 안에는 한국으로 치면 국보급의 보물이 넘쳐 날 겁니다."

전 세계에서 몰려든 보물들이다. 그 양이 얼마나 될까?

레톤은 그걸 빼돌렸다. 그리고 나중에 자신들이 쓰려고 했다. 그 당시에는 그게 그다지 이상한 게 아니었다.

"그런데 그게 왜 안 나온 거죠?"

"레톤이 사라졌거든요."

"레톤이요?"

"정확하게는 수뇌부가 함정에 빠졌습니다."

레톤에 당한 갱단 중 일부가 보복을 결심하고 그들을 노렸다.

다리에서 다이너마이트를 터뜨려 그들이 함께 타고 가던 기차를 통째로 날려 버렸다.

"비슷한 시기에 정부에서는 레톤 같은 사립 탐정단의 힘을 빼기 위한 작전을 시작했습니다."

아무리 그들이 갱단을 대상으로 싸우는 존재들이라고 해도 어찌 되었건 무력 집단이니 정부 입장에서는 마음이 편할 리 없다.

"그리고 시대적 특성상 그들의 행동은 갱단과 그다지 다르지 않은 경우가 많았거든요."

심한 경우 아들인 갱단원에 대해 말하지 않는다고 가족을 집에 몰아넣고 산 채로 불태워 죽이는 경우까지 있었다.

"말이 탐정이지 사실 정부 공인 갱단이나 마찬가지였습니다."

"으음……."

"그런 말이 있지요. 미친놈과 싸우기 위해서는 스스로 미쳐야 한다."

사람 목숨을 파리 목숨으로 아는 갱들과 싸우다 보니 레톤 탐정단은 스스로 미쳐 갔던 것.

"그리고 그렇게 해체되었습니다."

수뇌부가 살해당하고, 수습할 틈도 없이 정부의 견제가 들어오기 시작했다.

남아 있던 탐정단은 수뇌부 없는 레톤에 남아서 해체당하느니 차라리 다른 탐정단으로 옮겨 가서 그들과 함께 미 정부에 저항하는 것을 선택했다.

"기업에 대한 애정으로 남아 있는 시대는 아니었으니까요."

"무슨 뜻인지 알겠네요."

그런 보물에 대한 단서는 당연하게도 수뇌부만 가지고 있었을 테고 그들은 폭탄과 함께 날아가 버렸다.

"그래서 그게 사라졌죠."

"으음…… 확실히 그런 거라면 미 정부와 어느 정도 협상이 가능하겠네요."

미국은 역사가 짧다. 그래서 그런지 그러한 역사적 유물에 대한 집착이 심한 편이다.

심지어 슈퍼맨 초판이 수십만 달러에 달한다.

"개척 시대의 보물들이 나온다면 미 정부 입장에서는 저에게 배려를 안 해 줄 수가 없지요."

물론 찾는다고 해서 다 끝은 아니다.

사실 보물찾기를 하면 그 보물을 다 갖는 것처럼 표현되고는 하지만 현실은 각국의 규정에 따라 일정 부분만을 가질 수 있다.

그 일정 부분이라는 게 아 다르고 어 다른 게 문제지만.

'일단은 소유권 문제가 있지만……'

이 경우는 소유권 문제가 없다.

어차피 소유자들은 다 죽었을 테니까.

그러면 남은 것은 땅 주인과의 문제다.

'하지만 땅 주인이 나올 것 같지는 않단 말이지.'

과거의 미국과 지금의 미국은 완전히 다르다.

사방에 도시투성이다.

그럼에도 불구하고 보물은 나오지 않았다.

그 말은 보물이 주인 없는 땅, 그러니까 국유지에 있다는 소리다.

'역사적으로도 그런 의심이 있었고.'

노형진이 생각을 하는 사이에 로버트는 입술이 바짝 말라 왔다.

"한데 어떻게 아신 겁니까?"

"에?"

"아니, 그 레톤탐정사무소의 보물 이야기 말입니다."

"아, 그거요? 아는 분이 골동품점에서 본 글이라고 하더군요."

"골동품점요?"

"네."

노형진이 기억하기에 시작이 그랬다.

"그 당시가 책이 흔한 시기는 아니었거든요."

레톤이 사라진 후 그와 관련된 책을 쓴 사람이 있었다.

하지만 그 당시는 그다지 책을 많이 보던 시절도 아니었고 또 책의 생산량 자체도 많지 않았다.

"그런데 그 책이 골동품점에 한 부 있었다고 하더군요."

그게 원래 역사에서는 방송국 직원의 손에 들어갔고, 그 뉴스가 나가면서 레톤의 보물찾기 열풍이 일어났다.

하지만 결과적으로 찾지 못했다.

'하지만 인정은 되었지.'

방송국도 역사적 유물이 잔뜩 있을 거라는 기대에 막대한 돈을 투자해서 다큐 형식으로 추적했고 실제로 그 당시 사망한 수뇌부의 일기 중 일부를 찾기도 했다.

'하지만 그 일기에는 보물 이야기는 있지만 장소 이야기가 없었어.'

그리고 거기까지가 끝이었다.

아무리 찾아도 레톤의 보물을 찾을 수는 없었던 것.

"그걸 찾는다면 미국 정부는 어떻게 할까요?"

"우리 쪽에 우호적으로 굴 수밖에 없겠군요."

아무리 미 정부라고 해도 모든 보물을 다 빼앗을 수는 없다.

법이라는 게 있으니까.

그런데 자신들과의 사이가 틀어지면, 노형진은 그걸 해외에 팔아 버리면 그만이다.

"지금까지 남의 보물을 사 오던 미국 입장에서는 속이 뒤틀리겠지요."

사람들이 그냥 의미를 두는 야구 카드 같은 게 아니다.

진짜 보물, 그것도 미국의 건국과 같이하는 역사를 가진 보물들이다.

어떻게 해서든 자국 내에 잡아 두려고 노력할 것이다.

"DIA라고 해도 그런 정부의 시책을 거부하면서까지 우리를 건드리지는 못할 겁니다."

정보 조직이라고 해도 결국은 국가의 산하기관이다.

그러니 그들이 정부의 공식적 입장에 반할 수는 없다.

"지금도 그때와 마찬가지로 DIA의 공식적인 입장은 아닐 테니까요."

다만 그 당시 손해를 본 패거리가 보복하고 싶어 하는 것일 가능성이 높다.

"하지만 찾을 수 있겠습니까?"

"일단은 찾아봐야지요."

사실 회귀 전에도 미 정부는 찾아내지 못했다.

물론 먼 미래에는 찾아냈을 수도 있지만, 그걸 알 수 있는 방법은 없다.

"하지만 전 아는 게 좀 있거든요, 후후."

노형진은 눈을 반짝거리며 웃었다.

⚖️

노형진은 다큐를 봤다.

당연히 그 책이 어디에 있는지 알았고 또 그 일기가 어디에 있는지도 알았다.

미국의 역사적 보물찾기를 시작하게 했던 다큐였기에 제법 자세하게 만들어졌기 때문이다.

"이게 진짜인가요?"

로버트는 신기한 듯 책을 바라보았다.

오래되어서 당장이라도 부서질 듯한 책과 이제는 갈색으로 변해 버린 작은 수첩.

"이렇게 쉽게 찾는다고요?"

"쉬운 건 여기까지뿐입니다."

다큐를 봐서 아는 것뿐이다.

둘 다 골동품점에 있었으니 망정이지, 만일 한 권이라도 일반 가정에 있었다면 그걸 찾기 위해 몇 배나 힘을 들여야 했을 것이다.

"문제는 이제부터죠. 그 사람에게 들은 건 여기까지거든요."

정확하게 말하면 다큐가 여기서 끝났다.

"책에도 결국 정보가 없습니다."

책의 제목도 참으로 길었다.

지금 같으면 '레톤의 시작과 결말'이라고 간단하게 쓰겠지만 그 당시에는 그게 유행이 아니었는지, '레톤의 시작과 갱단과의 전투와 그 승리에 대한 보상의 진실'이라는 긴 제목의 작품.

"하지만 여기도 그게 끝이죠."

그도 레톤의 보물에 대한 최소한의 추론도 못 했다.

"그나마 일기에 대한 정보가 다인데."

"이거 어마어마한데요?"

일기에는 그 보물이 있는 장소에 대한 이야기는 없다.

하지만 그 반입된 내용이 일부 적혀 있었다.

"스왈릿 갱단으로부터 금 30킬로그램, 리칙 갱단으로부터 금 20킬로그램과 현금 3천 달러, 유명 사기꾼 본 조니아로부터 여섯 장의 명화, 더힐 갱단으로부터 은 200킬로그램과 금 식기 서른 개."

지금 생각해도 어마어마한 양이다.

"칠렌드 갱단으로부터 금 120킬로그램에 명화 아홉 점, 현금 1만 7천 달러? 이놈들은 뭐예요?"

"저도 좀 찾아봤습니다. 그런데 유명하더군요."

칠렌드 갱단은 그 당시 버지니아의 재벌이었던 명문가에 쳐들어가서 가족을 몰살하고 재산을 훔쳤다.

그 당시 그 명문가의 재산을 표현하자면 '이 산부터 저 산까지 전부 내 땅'인 수준인지라 어마어마한 부자였다.

"기록을 보니 어마어마하더군요."

갱단에서는 그들을 털기 위해 추수 시기를 노렸다.

추수가 끝난 후에 창고에 불을 질렀고, 한 해 농사를 다 날리게 된 집안에서는 가용한 병력을 모조리 동원해서 창고에 붙은 불을 끄려고 했다.

"그게 문제였죠."

전이라면 칠렌드 갱단이 털 만한 집이 아니다.

접근도 하기 전에 모조리 벌집이 될 수준이었지만, 불을 끄는 데 인원이 모조리 투입되고 집의 경비가 부실해지자 털수 있었던 것.

"어후, 그런 일이 있었습니까?"

"그런 시대였으니까요."

그런데 공교롭게도 공식적으로 그 집을 경호하던 곳이 바로 레톤탐정사무소였다.

"공식적으로는 레톤탐정사무소가 복수를 한 거죠."

"하지만 비공식적으로는 그렇게 털어 간 물건을 되찾아서 자기들이 꿀꺽했다 이거군요."

"네."

거기에 적혀 있는 것은 금과 은뿐만이 아니었다.

명화나 식기, 예술품, 보석 등등 그 당시에 돈 되는 건 다 적혀 있었다.

"이게 발견된다면 아마 미국이 발칵 뒤집어질 겁니다."

단순히 금과 은의 문제가 아니다.

이민자들이 넘어오던 시기 그들이 가지고 온 명화라는 것은, 쉽게 말하면 서양의 명화들이었다.

지금으로 치면 문화재급의 보물들도 분명히 존재했다.

당연히 그 가치는 어마어마할 것이다.

"더군다나 일부 갱단이 턴 사람들은 진짜 부자들이었으니까."

그들이 위작을 가지고 있지는 않았을 것이다.

"아마 미국에서는 돈을 싸 짊어지고 와서 팔라고 매달리겠네요."

노형진은 고개를 끄덕거렸다.

"그러니 그곳을 찾아야 합니다."

"하지만 무슨 수로요?"

"그게 문제인데요."

일단 책은 기억을 읽어 봐야 아무것도 없을 것이다.

당사자가 쓴 게 아니니까.

물론 일기가 있기는 하지만…….

'일기에도 별건 없었어.'

일기를 쓴 자는 그걸 감추는 책임자가 아니었다.

다만 그걸 확인하는 업무를 했을 것이다.

"이 일기의 시간을 보면 그 보물이 얼마나 많은지 추측도 불가능할 지경인데요."

일기가 쓰인 기간은 단 1년.

아마도 글쓴이는 매년 한 권씩 노트를 바꿔 가면서 일기를 쓰는 스타일이었던 모양이다.

그래서 1월 1일부터 12월 31일까지만 기록된 일기다.

"그 안에 적혀 있는 내용만 어지간한 소형 박물관 수준이니까."

로버트는 침을 꿀꺽 삼켰다.

역사적 기록에 따르면 레톤탐정사무소가 활동한 기간은 대략 50년이다.

물론 힘이 없던 시기도 있었지만 그 절반만 잡는다고 해도 못해도 25년이다.

"그리고 이런 조직은 보통 끝이 다가오면 더 발악적으로 재산을 감춥니다. 아니, 다들 그렇지요."

기업이 망할 때 사장이나 회장이라는 작자들이 하는 첫 번째 행동은 일단 재산을 빼돌리는 거다.

"정부에서 반反탐정사무소법까지 만들어 가면서 그들을 제압하려고 하니 당연히 어떻게 해서든 재산을 빼돌리려고 했을 겁니다."

그래서 그런지 후반부에 가면 그들의 활동은 극렬하다 못해서 극단적이다.

"일단 보물을 감춘 건 알겠는데, 그 보물을 찾기 위해 어떻게 해야 할지를 모르겠네요."

로버트는 우려 섞인 말을 꺼냈다. 그들이 보물을 감춘 장소가 어딘지 알 수가 없다면 방법이 없으니까.

"아마 아무도 예상하지 못한 곳에 있을 겁니다. 그들은 말 그대로 미국 전역에서 활동했으니까요."

차라리 갱단이라면 한 지역에서 활동하는 성향이 강하다.

하지만 이들은 전 미국 땅을 다 돌아다니면서 갱단을 처형하고 재산을 빼앗아 왔다.

그러니 특정 위치를 잡지는 못한다.

"누군가 그걸 발견하고 빼돌렸을 가능성은 없겠지요?"

"그건 무리입니다."

그렇게 쉽게 빼돌릴 만한 양이 아니다.

'다행인 건 미 정부와 방송국에서 현대적으로 쓸 수 있는 방법은 다 썼다는 거지.'

다 썼다는 것.

그건 반대로 말하면 수색될 수 있는 지역은 거의 다 수색했다는 뜻이다.

그런데 그러고도 발견되지 않았으니까…….

'남은 건 그렇지 못한 부분.'

물론 미래에 발견되었을지도 모른다.

하지만 그건 벌어지지 않을 일이다.

'다행인 건 내가 그들이 수색하지 않은 곳을 알고 있다는 거지.'

워낙 흥미진진한 다큐였고 정부나 방송국뿐만 아니라 업체들이나 보물 사냥꾼 집단, 심지어 개개인까지 온 미국 땅을 뒤지고 다녔기 때문이다.

"미국 땅은 너무 넓은데요."

"그건 그렇지요. 하지만 그만큼 개발되기도 했습니다. 그런데 발견되지 않았다는 건, 아직도 개발되지 않은 지역이라는 뜻이죠."

"그래도 사막 같은 곳까지 뒤지기에는……."

"아니요. 그 정도는 아닐 겁니다."

노형진은 고개를 흔들었다.

"당시는 지금처럼 이동이 빠를 때가 아닙니다. 당연히 어딘가로 싣고 가서 감추기 위해 이용할 수 있는 건 오로지 마차뿐이라는 거죠."

기차로 옮긴다?

그건 우리가 보물을 가지고 있다고 홍보하는 꼴이다.

아마 갱단이 눈이 벌게져서 달라붙을 것이다.

"당연히 짐마차로 옮겨야 했을 겁니다."

"그래서요?"

"짐마차가 한두 대는 아니었을 거라는 거죠."

그 정도 보물을 옮기는데 짐마차 한두 대에 소수의 경호원들만 보내지는 않았을 것이다.

아마도 어마어마한 숫자의 경호원들이 동원되었을 것이다.

"그 기록이 없는 걸 봐서는 아마도 그 경호원들도 내용물이 뭔지 모른 채 일상적인 배송 업무라고 생각했을 겁니다. 그걸 받아서 감추는 건 그 지역에 있는 사람이 했을 테고요."

그게 의미하는 것은 하나다.

최소한 그 주변에 사람이 살 수 있는 마을이 있었다는 것.

"그 당시 지도를 가지고 하나씩 배제해 보죠."

사실 사람이 살기 위한 조건은 쉽지 않다.

보물 사냥꾼들은 오로지 레톤탐정사무소만을 추적했지만 노형진은 그렇게 생각하지 않았다.

그들이 있었을 만한 곳 중에서 지금은 사라진 곳을 찾는 것이 계획이었다.

"다행히 미국은 그런 기록을 상당히 잘하는 편이거든요, 후후후."

노형진은 눈앞에 보물이 있는 듯한 느낌이 들었다.

⚖

서부 시대. 그 시대에는 인구도 많지 않았다.

당연히 지금과 비교하면 마을도 많지 않았다.

물론 터무니없이 적지도 않았지만.

"대도시는 배제하죠."

노형진은 전자화된 기록을 보며 말했다.

다행히 미국은 과거의 자료를 보관하기 위한 전자화를 충분히 진행해서, 그 당시에 활동한 도시와 마을의 기록을 어렵게나마 찾을 수 있었다.

"대도시는 확장성이 강합니다. 내부도 언제 부술지 모르고 외부로 도시가 커질 수도 있죠. 바보가 아닌 이상에야 그런 곳에 보물을 감추지는 않을 겁니다."

로버트는 대도시로 추정되는 곳을 삭제했다.

"그리고 지금 대도시가 된 곳도 삭제합시다."

"지금 대도시가 되었다는 건 아무래도 그 마을이 확장되었다는 이야기겠군요."

"네."

당연히 그런 곳은 가능성이 없다.

"도시에서 너무 가까운 곳도 삭제합시다."

"어째서요?"

"인간의 본성에 관한 부분이죠."

마을을 만든다고 할 때, 정상적인 인간이라면 안전한 도시 주변의 땅부터 확장하려고 하지 먼 곳부터 확장하지는 않는다.

"먼 곳에 마을을 만든다는 건 이유가 있다는 겁니다. 마을을 만들 정도의 자재를 구한다는 게 쉬운 건 아니니까요. 애초에 짐승도 힘에서 밀려난 놈이 멀리 떠나기 마련이지요."

"아아, 무슨 뜻인지 알겠습니다."

도시에서 가까운 마을이라는 것은 일반인들이 만든 마을

일 가능성이 크다는 소리다.

"그리고 지금의 도시는 거기까지 포함된 경우가 많으니까요."

노형진은 몇 가지 조건을 달았다.

회귀 전에 찾았던 도시들을 적당하게 배제하면서 몇 곳을 선택하다 보니 그다지 많이 남지는 않았다.

"그리고 서부는 배제합시다."

"네? 어째서요? 서부 개척 시대 아닌가요?"

"맞습니다. 서부 개척 시대죠. 그렇기에 배제하자는 겁니다. 서부는 미개척지이고 경찰력이 충분하지 않았습니다. 그런데 그런 곳에 그런 보물을 두면 어떻게 될까요?"

"아하!"

누군가 발견해서 털어 갈 수도 있는 일이다.

"하다못해 그곳을 경호하던 사람들이 털어 갈 수도 있는 거죠."

미국은 동부에서 시작해서 서부로 발전되어 나갔다.

당연히 레톤탐정사무소의 본사는 동부에 있었다.

"그런데 명령 하나 내리려면 말 타고 몇 주를 달려야 하는 서부에다가 보물을 보관하려고 했을까요?"

"그건 무리겠네요."

보물을 지키는 사람들을 배치해야 하니까.

하지만 그렇다고 많은 사람들을 배치할 수도 없는 노릇이고, 설사 배치한다고 해도 교대는 해야 한다.

"결국 근처에 마을이 있을 수밖에 없죠. 그 말은, 마을이 존재했지만 사라졌을 수도 있다는 뜻입니다."

"확신하십니까?"

"마을이라는 것은 목적에 따라 생기기도 하고 사라지기도 합니다. 현대에도 마찬가지죠."

한때는 융성했던 마을이 사라지거나 그냥 작은 촌락이 되는 경우도 많다.

역사란 것, 시간의 흐름이라는 건 그런 거다.

"어느 정도 인력을 배치해서 경호했다면 그 주변에 다른 핑계를 만들었을 겁니다."

대표적인 예가 훈련소다.

논산 훈련소 앞에는 엄청난 수의 식당이 있다.

물론 맛은 개떡 같다는 것이 일반적인 평가다.

"그런 곳은 오로지 훈련소 하나만 바라보고 삽니다."

만일 훈련소가 사라지면 그곳들은 쫄딱 망하는 수밖에 없다.

"그러니까 그 시기에 사라진 마을을 찾아보는 게 맞을 겁니다."

수뇌부가 사라지고 제대로 돌아가지 않게 된다면 당연히 그 지역에 대한 투자가 없어질 것이다.

"훈련소 같은 걸 핑계로 삼아서 만들었을 테지만……."

"레톤이 사라진 후에는 그걸 유지할 이유가 없었겠군요."

"바로 그거죠."

레톤이 사라진 후, 사람들은 다른 탐정사무소에 가서 훈련 받았을 것이다.

"그러면 마을은 당연히 사라졌을 겁니다."

오로지 그곳만 바라보는 구조였을 테니까.

"와, 그러면 확 줄겠는데요?"

삭제된 지역 외부에서, 레톤탐정사무소가 없어지고 나서 사라지거나 세가 확 줄어든 마을을 찾는 것은 오래 걸리기는 했지만 불가능한 일은 아니었다.

노형진은 결과물을 보고 당황했다.

"어?"

"여기가 맞을까요?"

"어…… 맞을 가능성이…… 높기는 한데. 이건 진짜 예상 도 못 했는데요."

진짜 예상도 못 했다. 아니, 생각해 보면 이렇게 예상도 못 한 구역이었기 때문에 다들 찾지 못했을 것이다.

"인디언 보호구역이라니."

"다른 위치 아닐까요?"

노형진은 로버트의 말에 물끄러미 지도를 바라보았다.

하지만 이내 고개를 흔들었다.

"아니요. 그럴 가능성은 없어 보이네요."

"어째서요?"

"그냥, 느낌이요."

느낌이라고 표현하기는 했지만 사실 이유가 있었다.

'그래, 이러니까 못 찾았지.'

노형진이 회귀하기 전 미국에서는 보물찾기 운동이 일어났다. 발견된 일기에 적혀 있는 보물의 가치만도 최소 5천억 이상으로 추정되었으니까.

레톤탐정사무소의 긴 역사를 생각하면 그동안 그들이 감춘 보물의 양은 최소 2조 이상, 최대 5조까지 추정되었다.

그 당시 아메리카 대륙은 신대륙으로 사람들의 희망의 땅이었고 전 세계 부자들이 몰려오는 곳 중 하나였으며, 역사적 유물을 미친 듯이 빨아들이는 공간이었기 때문이다.

'그리고 결국 찾지 못한 것도 이해가 되고.'

사실 노형진은 보물찾기에는 전문가가 아니다.

그가 이런저런 가정을 한다고 하지만 전문가들 역시 그런 가정을 했을 수 있다.

그럼에도 불구하고 못 찾았다.

'어쩌면 못 찾은 게 아니라 안 찾은 것일 수도……'

노형진이 조용히 턱을 문지르자 로버트는 걱정스럽게 물었다.

"이거, 찾을 수 있을까요?"

"찾아봐야지요."

노형진은 지도를 물끄러미 바라보았다.

인디언 보호구역이라고 적혀 있는 지역을.

국가 안의 국가

인디언 보호구역.

아메리칸인디언들의 문화와 역사 그리고 혈통을 보호하기 위해 만들어진 구역으로, 인디언들이 살고 있는 곳이다.

사실 인디언이라는 말은 본래 인도 사람이라는 뜻이다.

처음에 아메리카를 발견했을 때 그곳이 인도라 생각한 사람들이 원주민을 그렇게 불러서 이름이 그렇게 굳어졌을 뿐, 의미는 전혀 다르다.

그래서 인디언이라고 할 때는 구분을 위해 아메리칸인디언이라고 정확하게 이야기해야 한다.

아니면 아메리카 원주민이라고 하든가.

원래 아메리카 원주민인 인디언들은 백인들이 들어오면서

세력에서 밀려서 결국 그렇게 정해진 땅에서 살게 되었다.

'그러니 찾는 데 실패하지.'

인디언 보호구역.

좋게 말해서 보호구역이지 사실상 방치 구역이라고 보면 된다. 아니면 봉쇄 구역이라고 하든가.

인디언들은 거기서 사는 대신에, 그 안에서는 공식적으로 미국 법률의 상당수가 정지된다.

일종의 자치구 같은 개념인 셈이다.

'설마 인디언 보호구역에 있겠느냐고 생각할 수도 있지만⋯⋯.'

인디언 보호구역의 역사는 1851년으로 거슬러 올라간다.

그리고 노형진이 예상하는 곳은 그 당시에도 인디언 보호구역이었다.

그래서 일반인들은 잘 들어가지 않았다.

'하지만 레톤탐정사무소를 보면 아니지.'

그들은 한때나마 미국 국력 이상의 힘을 가지고 있던 곳이었고, 어떻게 보면 현대 민간 군사 기업의 시초였다.

레톤이야 사라졌지만 그 당시에 존재하던 다른 많은 곳들이 현재는 민간 군사 기업으로 활동하고 있는 게 그 증거다.

'그리고 미국의 독특한 법체계상 그곳에서 찾으면 곤란해지지. 이러면 정말로 못 찾은 게 아니라 찾지 않은 것일 가능성이 커지는데.'

노형진이 생각에 빠진 것을 모르는 로버트는 그가 인디언 보호구역에 대해 잘 모른다고 생각하고 설명을 계속했다.

　"그리고 인디언들은 가난하죠."

　그들이 발달하고 싶어도 공식적으로 자치구이기 때문에 어떠한 정부 지원도, 혜택도 받지 못한다.

　"그래서 그 지역이 압도적인 빈곤과 실업률로 고통받고 있지요."

　로버트는 자신이 아는 것에 대해 차분하게 말했다.

　"인디언 보호구역에서 나와서 외부에 정착하면 그러한 상태에서 벗어나기는 하지만, 사실 그게 미국 정부가 노리는 거죠."

　그곳에서 벗어나면 미국의 지원을 받을 수 있다.

　하지만 그 말은, 전통을 이어 가려는 노력을 포기해야 한다는 뜻이다.

　"좋게 말해서 통폐합, 나쁘게 말하면 점진적인 문화 말살."

　노형진은 나지막하게 말했다.

　"일본이 한때 한국을 대상으로 그런 적이 있지요."

　머리를 깎고 한글을 포기하고 이름을 바꾸고 친일을 하는 자들에게 혜택을 주면서 한국의 문화를 말살하려고 노력했고, 실제로도 상당한 효과를 발휘했다.

　그 때문에 한국은 아직도 친일파의 그늘 아래서 허덕거리고 있다.

'나라는 다른데 하는 짓거리는 똑같네.'

노형진은 고개를 절레절레 흔들었다.

"그곳에 보물이 있다면 인디언들과 협상을 해야 합니다."

로버트는 눈을 찡그렸다.

그게 쉽지 않다는 걸 아니까.

하지만 노형진은 다르게 생각했다.

"저는 반대로 생각합니다."

"반대로요? 무슨 말씀이시죠?"

"인디언 보호구역은 미국 법에 따르면 법 효력 정지 지구죠."

"인디언 보호구역에 대해 아십니까?"

"좀 압니다."

물론 로버트의 생각보다 좀 더 안다.

미국에서 살았고, 또 그들의 소송도 대리한 적이 있으니까.

법 효력 정지 지구, 이게 무슨 말이냐면 이 지역 내에서는 미국 법의 영향을 받지 않는다는 소리다.

"그래서 문제가 심각하지 않습니까?"

문제가 심각한 정도가 아니다.

쉽게 말하면, 인디언 보호구역에서 살면 투표권도 인정되지 않는다.

미국 법이 적용되지 않기에 사실상 미국 국민으로 취급하지 않는 거다.

거기서 보물을 찾기 위해서는 인디언의 허가가 있어야 한다.

그리고 정부에서의 지원이 없고 법률이 정지되는 만큼 그들의 요구에 맞춰서 보물을 나눌 수밖에 없고, 최소 50%, 최악의 경우 70% 이상 인디언들이 소유권을 주장할 수 있다.

'돈줄을 말려서 인디언 문화를 말살하고 미국에 흡수하려고 하는 미 정부 입장에서는 곤혹스러운 상황이 되는 거지.'

물론 그걸 다 판다고 해서 인디언 문화를 지킬 수는 없다.

돈은 한 번에 들어오는 게 아니라 지속적으로 들어와야 하는데, 사실 몇조라는 돈이 많아 보이기는 하지만 인디언들의 생활을 개선시키는 데는 터무니없이 부족하다.

'하지만 거래할 수 있는 조건은 되지.'

노형진의 눈이 살짝 반달형으로 휘었다.

머릿속에서 생각지도 못한 아이디어가 떠올랐던 것이다.

"그래서 우리가 거래를 할 수 있다고 생각합니다."

"네? 뭐로요?"

로버트는 고개를 갸웃했다.

"때로는 뒤집어 보면 현실이 보이지요, 후후후."

⚖️

존 쿠디는 나바호 인디언 보호구역의 대표였다.

대표라곤 해도 사실상 정치인들에게 구걸을 하러 다니는 게 주요 업무지만.

"그런데 우리와 협상을 하고 싶다고요?"

존 쿠디는 자신을 찾아온 동양인 남자를 묘한 표정으로 바라보았다.

"우리는 그쪽에 드릴 게 없습니다만."

인디언 보호구역은 미국 법에 의해서 보호받지 못하는 곳이다.

그렇다 보니 투자를 하려고 하는 사람들이 없다.

"세금 문제를 생각하시는 거라면 별 기대 하지 않으시는 게 좋습니다."

인디언 보호구역은 세금도 안 낸다.

그래서 얼핏 보면 공장을 차리기 좋아 보인다.

문제는 인디안 보호구역이라고 할지라도 결국 현실적인 물가는 미국을 따라갈 수밖에 없다는 거다.

세금을 안 내도 월급은 엄청 많이 줘야 하기 때문에, 그런 식으로 수익을 낼 생각이라면 중국이나 인도에 가는 게 수십 배는 더 이득이다.

"지금 아메리칸인디언들의 상황을 잘 알고 있습니다. 그에 따른 해결책을 조금 이야기하고 싶어서 찾아온 건데요."

노형진의 말에 존 쿠디는 피식하고 웃었다.

"그렇게 쉽게 해결될 일이 아닙니다."

각 부족마다 인디언 보호구역이 따로 있기는 하지만 어딜 가나 상황은 비슷하다.

"높은 실업률, 넘치는 마약중독자 그리고 무시무시할 정도의 범죄율. 그게 지금 이곳의 상황입니다. 동양에서 아무것도 모르는 분이 와서 해결할 만한 일이 아니에요."

존 쿠디는 염세적으로 말했다.

그런 그를 보면서 노형진은 고개를 갸웃했다.

"보통 투자 이야기가 나오면 적극적으로 매달리는데, 별로 그럴 생각이 없어 보이시네요?"

"투자를 받을 수 있다면 얼마나 좋겠습니까마는……."

이런 식으로 숱하게 당한 것이 존 쿠디다.

대표를 맡은 그에게 넘겨진 건 해결할 방법도 안 보이는 심각한 문제들뿐이다.

"죄송합니다. 대표님이 얼마 전에 지원을 신청하셨다가 거절당하셨거든요."

"리디!"

"대표님, 노력은 해 봐야 하지 않겠습니까?"

리디라고 불린 청년은 염세적으로 반응하는 존 쿠디를 보면서 웃으며 말했다.

"저는 아직 우리에게 기회가 있다고 생각합니다."

"끄응, 그러고 보니 소개를 안 했군요. 이쪽은 리디라고 합니다. 제 비서이자 후계자쯤 됩니다."

인디언 보호구역의 대표는 그다지 높은 자리가 아니다.

이득도 없고, 실질적으로 힘들기만 하고 구걸하러 다녀야 하기 때문에 하려고 하는 사람들도 별로 없다.

"우리도 노력을 했습니다. 하지만 방법이 없더군요."

그럴 수밖에 없다.

애초에 이쪽에 돈이 안 들어온다.

일하고 싶어도 일할 수가 없는 게 바로 아메리칸인디언들
이다.

"그래서 거래를 하려고 하는 겁니다."

"우리가 내드릴 게 없습니다."

"없지는 않습니다."

"그게 무슨 말씀이신지?"

"레톤탐정사무소의 보물. 그게 여기에 있습니다."

존 쿠디와 리디는 고개를 갸웃했다. 그게 뭔지 몰랐으니까.

"제가 조사하면서 알아낸 게 있지요."

노형진은 레톤탐정사무소에 관련된 일화를 그에게 이야기
해 줬다.

"그리고 그 보물이 이 지역에 있다고, 저희는 생각하고 있
습니다."

"그걸 발굴하는 걸 허락해 달라 이건가요?"

"그렇습니다."

다른 곳이라면 모르지만 이곳에서 발굴한다면 자신들이
통째로 먹을 수가 있다.

이곳은 미국 법의 영향을 받지 않으니까.

"그 정도는 저희가 해 드릴 수 있겠군요. 그러면 그중 일부를 저희에게 양도하시는 겁니까?"

눈을 반짝이는 쿠디.

안 그래도 돈이 나올 구멍이 없어서 힘들어 죽겠는데 그중 일부만 양도받아도 해결이 가능할 듯했기 때문이다.

"아니요. 전부 우리가 가집니다."

"네?"

눈을 찌푸리는 쿠디.

"그러면 협상의 의미가 없지 않습니까?"

협상이라는 것은 서로 조금씩 내놓는 것이다.

그런데 노형진은 그걸 다 가지고 가겠다고 못을 박았다.

"대신에 다른 걸 내드리지요."

"현금으로 주겠다는 겁니까? 그러면 의미가 없는데요?"

"아니요. 병원을 세워 드리겠습니다."

"그게 무슨 말입니까? 우리는 충분한 의료 서비스를 제공받고 있습니다. 아무리 그래도 여기가 무슨 아프리카 빈국이라고 생각하지는 않았으면 좋겠네요."

어찌 되었건 미국 땅이다.

설마 아픈데 약이 없어서 죽어 나갈까?

하지만 노형진은 그들의 상태를 누구보다 잘 알고 있었다.

"그 의료 지원을 병원에서 하는 건 아니지 않습니까?"

"끄응."

인디언 보호구역은 돈이 안 된다.

당연히 미국의 의료법 역시 정지된다.

당연하게도 병원이 안 들어온다.

"제가 알기로는 연방 공공 보건 서비스 부대의 지원을 받고 계실 텐데요?"

연방 공공 보건 서비스 부대.

쉽게 말해서 한국에서 낙후된 지역에 의사가 파견 나가는 공공 의료 시스템 같은 거다.

다만 그 소속이 군일 뿐이고 말이다.

한국의 의료 시스템을 알겠지만 그런 낙후 지원 서비스는 일반 의료 시설보다 실력도, 장비도 부족하다.

그나마도 충분하지 못해서 진료 한 번 받기 위해 대기 시간 세 시간을 기본으로 깔고 들어간다.

"그런 곳에서 제공하는 의료 지원은 뻔하죠. 그래서 이곳의 수명이 극단적으로 짧은 것도 알고 있습니다."

"어쩌겠습니까?"

미국의 의료 시스템은 비싸기로 소문이 나 있다.

병에 걸리면 가족들을 위해 치료 대신에 자살을 택하는 사람이 넘쳐 날 정도로 말이다.

실제로도 그런 사건을 해결하기도 했고.

"방법이 없지 않습니까?"

이들의 평균 수익은 연 6천 달러. 한국보다도 못하다.

물가가 높은 미국을 생각하면, 지원금이 끊어지면 그냥 죽어야 하는 거다.

그나마 평균이 이 정도이니 그보다 적게 버는 사람들도 많다.

실제로 이들의 평균수명은 쉰 살로, 현대의 사람들치고는 무척 짧은 편이다.

"어쩔 수 없지요, 수익이 나는 거라고는 카지노뿐이니."

그 법적인 허점을 이용해서 만들어진 게 카지노라서 그걸 붙잡고 사는 게 현재 아메리칸인디언들의 상황.

'그리고 그걸 일거에 뒤집을 수 있지.'

아마 미국은 이번 일로 난리가 날 것이다.

노형진은 미국 영토의 2.3%를 차지하는 세력의 강력한 지원을 받을 수 있게 될 것이고 말이다.

"제가 말하는 병원은 여러분을 위한 게 아닙니다."

"네? 그게 무슨 말씀이신지?"

자신들을 위한 병원이 아니다?

그런데 왜 자기 구역에 병원을 만들겠다는 것인가?

하지만 그다음 말을 들으면서 존 쿠디와 리디는 머리를 해머로 맞은 듯한 느낌이 들었다.

"공식적인 법률 정지 지구. 그 말은 타국의 의사가 와서 활동해도 하등 지장이 없다는 소리죠."

"그래서요?"

"이곳이 자치주이기는 하지만 다른 사람들이 오지 말라는 법은 없습니다. 물론 여러분들의 허가를 받을 수 있다는 조건이 붙지만요. 만일 여기에 다른 국민들을 위한 시설이 만들어진다면 어떨까요?"

"다른 국민들?"

"미국의 의료 시스템은 터무니없이 비싸죠. 그걸 절반, 아니 4분의 1 이하로 서비스한다면 어떻게 될까요?"

두 사람은 멍한 표정이 되어서 노형진을 바라보았다.

"그게…… 가능합니까?"

"가능합니다. 여기는 미국이지만 미국 법이 안 통하니까요."

미국에서 맹장 수술 한 번 하는 데 들어가는 돈은 5천만 원선이다.

하지만 한국은 수십만 원선, 의료보험에서 지급하는 돈을 포함해도 200이 안 넘는다.

"한국 의사들이 여기서 활동하게 된다면 그들이 가지고 가는 수익률은 어마어마할 겁니다."

하지만 미국 법의 영향을 받지 않기에 미국으로서는 그걸 막을 수가 없다.

"하지만 미국의 아픈 환자들은 이곳에 올 수 있지요."

미국 법이 안 통하는 거지 여기가 미국이 아닌 건 아니다.

당연히 이동의 자유가 있고, 미국의 국민들은 원하면 언제든 여기에 올 수 있다.

"여기서 진료를 받을 수 있다면, 그것도 4분의 1의 가격에 가능하다면 어떻게 될까요?"

"그런……."

아마 그러면 전 미국에서 인디언 원주민 보호구역으로 사람들이 몰려올 것이다.

그리고 환자 혼자 올 수는 없으니 당연히 보호자도 올 것이다.

"그들이 쓰는 의료비, 생활비, 거주비를 생각해 보세요. 여기에 과연 한 해에 몇 명이나 찾아올까요? 10만? 100만? 저는 천만 이상이라고 확신합니다."

미국의 인구는 약 3억 2천만 명.

그들 중 10%만 아파도 3천만 명이 넘는다.

"그…… 그럼 거래라는 건?"

"미국 법은 상황에 따라서는 좋은 게 많지요."

대표적인 예가 병원이 모든 보험을 받는 게 아니라는 것.

"의료보험 회사는 정해진 병원에서의 진료만을 지원합니다. 만일 이곳에 설립한 병원을 지원하는 보험회사를 만든다면 어떨까요?"

멍한 표정이 되는 두 사람.

자신들은 상상도 못 할 스케일이 된 것이다.

"저는 보험회사를 만들고 병원을 만들어서 수익을 창출할 겁니다. 여러분들은 그곳에서 일하게 될 테지요."

너무 놀란 두 사람이 말도 못 하고 입을 쩍 벌리고 있자 노형진이 속으로 키득거리며 웃었다.

'굳이 한국까지 부를 이유가 뭐가 있어?'

한국에서 한때 미국의 의료보험을 이야기하며 의료 관광을 하자고 한 적이 있었다.

하지만 한국까지 오는 데 드는 비용이 어마어마하다는 점 그리고 환자의 장거리 이동이 힘들다는 점. 또한 의료보험의 적자 폭이 커진다는 점들 때문에 흐지부지되었다.

'하지만 여기는 가능하지.'

여기는 4분의 1만 받아도 한국의 다섯 배 이상의 수익을 얻는다.

한국과 치료비가 백 배 가까이 차이 나는 경우도 있다.

'좀 예민한 환자는 특수 제작된 무진동 트럭을 이동 병실로 쓰자.'

실제로 특수한 물건을 옮길 때 쓰는 무진동 트럭이 존재하고, 그런 트럭에서는 진동이 거의 안 느껴진다.

미국의 트럭들은 한국의 트럭보다 훨씬 커서 공간도 충분하니 환자들이 누워서 올 공간은 넉넉하다.

"약은요? 보험사와 병원은 의약품 회사들과 커넥션이 있습니다. 그건 상식이지요. 그들이 안 줄 텐데요?"

"다행히 복제 약을 파는 곳이 있지요. 한국에는 전문 의약품 회사들이 많습니다."

노형진이 자선을 위해 만들어 둔 복제 약 전문 업체들.

특허법의 허점을 이용한 부분이었다.

어지간한 약은 다 등록해 놨기 때문에 완전히 신약만 아니면 공급이 어렵지는 않다.

'그리고 애초에 신약은 터무니없이 비싸지.'

그래서 복제 약 공장을 만든 것이다.

현대에 신약의 대부분은 기존 약의 개량형이다.

완전히 새로운 치료 방식이나 새로운 질병에 대한 치료법은 많지 않다.

"그곳에서 공급받으면 됩니다."

"어어……."

"대표님! 아니, 아버지! 이거는 해야 합니다! 이건 기회예요!"

리디는 비명을 질렀다.

그리고 보니 법적으로 손해만 본다고 생각했지 이런 식으로는 생각해 본 적도 없다.

'그리고 미국의 의료 시스템은 내 손아귀에 들어온다.'

인디언 보호구역은 미국 전역에 퍼져 있다.

그러니 가까운 인디언 보호구역으로 치료받으러 가게 만들면 된다.

물론 서부 쪽에 몰려 있기는 하지만, 그게 대수인가?

목숨이 달리면 다른 나라라도 가는 게 인간이다.

'응급 환자야 어쩔 수 없다지만.'

응급 환자만으로는 절대 보험과 병원을 유지할 수 없다.

당연하게도 그들은 몰락할 테고 남은 것은 자신뿐이다.

'이거 생각지도 못하게 미국을 씹어 삼키게 생겼네.'

노형진은 속으로 웃으며 말하고 있지만 존 쿠디는 너무 긴장해서 침을 꿀꺽 삼킬 수밖에 없었다.

"그러면 일단 채용 조건은?"

"당연히 인디언 우선 채용입니다. 물론 전문직은 어쩔 수 없이 다른 곳에서 데리고 와야겠지만요. 사실 전문직 자리는 그다지 많지 않습니다. 간호사와 의사 자리가 얼마나 되겠습니까? 하지만 그로 인한 파급력이 더 크겠지요. 간호사와 의사 자리도 가능하면 인디언으로 채우겠습니다. 의사 자리야 학력을 채우는 게 오래 걸리니 방법이 없지만, 간호사의 경우는 충분히 채울 수 있겠지요."

여기에 와서 먹고 자며 생활해야 하는 사람들.

그들이 쓰는 돈이 어디로 갈까?

"그러면 그 보물은?"

"제가 그걸 미국 정부에 팔 겁니다."

미국 정부에서는 그걸 안 살 수가 없다. 역사적 유물이니까.

"그리고 그 돈으로 병원을 만드는 거죠."

노형진의 말에 두 사람은 침을 꿀꺽 삼켰다.

"충분히 가능하겠군요."

"인건비는 충분히 낮출 수 있습니다."

어차피 인디언 보호구역의 실업률은 어마어마하다.

"그리고 그들은 노조에 들어가 있지 않죠."

미국의 살인적 인건비의 원인 중 하나가 바로 노조다.

그들의 힘이 어마어마하기 때문이다.

"그분들이 적당한 가격에 공사를 한다면 저희는 빠르게 병원을 올릴 수 있습니다. 그다음부터는 일이 더 많아지겠지요."

환자들과 그 가족들이 머물 집이 필요할 테니까.

"그들은 영구 거주는 아니니까요."

이곳은 인디안 보호구역이다.

그러니 그들이 여기에 살 수는 없다.

"하지만 그걸 못 찾으면요?"

"리디!"

존 쿠디는 버럭 소리를 질렀다.

혹시나 부정이라도 탄다는 듯 말이다.

"걱정하지 마십시오. 못 찾는다고 해도 저희는 이 사업을 합니다."

미국의 의료 시스템과 보험을 말 그대로 통째로 집어삼킬 수 있는 기회다.

'안 하면 그게 병신이지.'

돈이 없는 것도 아니다.

돈은 충분하다.

"좋습니다."

존 쿠디는 손을 내밀었다.

"저희는 그걸 언제든 지원하겠습니다."

그의 말에 노형진은 살짝 미소를 지었다.

⚖️

"어떻게 그런 생각을 하셨습니까?"

로버트는 신기한 듯 말했다.

"사실상 버려진 땅이었는데 말이죠."

"어떻게 보면 너무 정석적으로만 생각한 게 문제일 수도 있지요."

'투자라는 것은 돈이 나오는 곳에 하는 것이다.'라는 말.

"하지만 생각해 보면 투자라는 건 없는 돈을 만들어 내는 게 더 돈이 됩니다."

"그건 맞지요."

누군가는 돈을 벌기 위해 공장을 인건비가 싼 곳으로 옮긴다.

하지만 누군가는 돈을 벌기 위해 기존에 없었던 뭔가를 만들어 낸다.

"잭슨이 없었다면 스마트폰은 없었겠지요."

사실 스마트폰은 산업적 면에서는 마이너스다.

전화기 따로, 카메라 따로, 음향 기기 따로, 게임기 따로.

다 따로 팔아야 기업에는 돈이 되니까.

"하지만 잭슨은 다르게 생각한 거죠."

이것이 법이다

없는 건 만든다.

그렇게 만들어 낸 스마트폰은 인류의 역사를 바꾸었다.

"저도 그렇게 생각한 것뿐입니다."

"역시 미다스답네요."

"하하하."

노형진은 머리를 긁적거렸다.

"일단 그들의 허락을 받았으니 찾아내는 것에 신경을 써야 겠네요."

물론 지금 있는 돈으로 투자를 할 수도 있지만, 돈이라는 것은 원래 많을수록 좋고 아낄 수 있으면 아껴야 한다.

"일단 그 장소로 가 보죠."

노형진은 지도에 표시된 곳으로 향했다.

서부 시대의 마을이라는 것은 사실 나무로 된 집들이 대부 분이고 그곳에 간다고 한들 그 관련 시설이 남아 있을 가능 성은 없었다.

아니나 다를까, 그곳에 남아 있는 것은 아무것도 없었다.

집마저도 다 썩어서 무너지고, 흔적이라고 알 수 있는 것 은 간간이 남아 있는 썩은 나무들이 다였다.

"이 근처에 보물이 있을까요?"

"글쎄요. 그건 아닐 것 같은데요."

여기는 정확하게 말하면 보급기지 같은 곳이었다.

레톤탐정사무소의 훈련소 겸 말이다.

"가까이에 두지는 않았을 겁니다."

"그러면 답이 안 보이는데."

어마어마하게 넓은 평야를 보면서 로버트는 입맛을 다셨다.

"이 근처에 두는 게 보통이지 싶은데요?"

"그 시대를 생각하면 보통은 아니겠죠."

"네?"

"노숙이 흔한 시대 아닙니까?"

"아아……."

지금이야 바깥에 나가서 자고 온다고 하면 텐트에 버너에 온갖 잡다한 걸 다 챙기고 나서지만, 그때는 노숙이 지금보다는 더 익숙했다.

익숙할 수밖에 없었다.

모텔도 없고, 여행 한 번에 최소 몇 달은 걸리는 시기였으니까.

"이 근처에서 이삼일 정도 걸리는 거리일걸요."

"그래도 반경이 어마어마하게 넓어질 텐데."

로버트는 걱정스럽게 말했다.

"일단은 인디언분들에게 수색을 맡길까 합니다."

"수색요?"

"네."

"하지만 그들이 빼돌릴 가능성이 있는데요?"

"보물을 찾으라고 하면 물론 빼돌릴 가능성도 있지요. 하지만 다른 조건을 달면 됩니다."

"다른 조건이라 하면?"

"수원지를 찾으라고 하면 됩니다."

"수원지? 아하! 무슨 뜻인지 알겠습니다."

아무리 야영을 한다고 해도 물까지 들고 다닐 수는 없다.

결국 야영지든 보물을 감추어 둔 공간이든, 물을 가까이에 둘 수밖에 없다.

"병력을 주둔시켜 지키려고 한다면 당연히 더 많은 물이 필요하겠지요."

핑계도 좋다.

어차피 병원 자리는 알아봐야 한다.

당연히 여기에 주요 수도 시설이 들어오기는 무리가 있으니 지하수를 쓸 수 있는 공간을 찾아야 한다.

"물이 흐른다는 건 좋은 거지요."

지하수가 있을 가능성도 높다는 소리니까.

"그 주변의 지형을 보면 뭐든 나오겠지요."

⚖

노형진의 예상대로 수원지를 찾기 위해 사람들을 고용하자 지원자들은 어마어마하게 몰렸다.

차를 가지고 있는 사람들이라는 조건을 달았음에도 말이다.

물론 그 차라는 것이 당장 퍼져도 이상할 게 없어 보인다는 게 문제지만.

"여러분들이 하실 일은 간단합니다. 돌아다니면서 물이 흐르는 곳을 찾는 겁니다."

"어지간한 건 다 지도에 나와 있잖아요?"

"큰 강이나 호수는 아닙니다. 개울 정도면 됩니다. 그런 건 지도에도 안 나오죠."

"그게 병원이랑 무슨 관계가 있다고요?"

"강이 너무 가까우면 수인성 질병이 퍼질 수 있거든요."

물론 이건 개소리다.

하지만 반박하는 사람들은 없었다.

그만큼 이 지역의 학력이 낮기 때문이다.

"찾는 분에게는 상금으로 천 달러를 추가로 드립니다. 발견자가 여럿인 경우 상금이 나뉠 수도 있으니 감안해 주시고요."

그 말에 다들 눈에 불이 켜졌다.

"선착순으로 열 분에게만 드리니까, 빨리 보고해 주세요."

"네!"

"빨리 움직이자!"

"여기서 동쪽으로 가 보자."

우르르 나가는 사람들.

노형진은 그들이 멀어지자 미소를 지었다.

"상금을 줄 필요가 있나요?"

로버트는 고개를 갸웃했다.

일당도 적잖이 불렀다.

그런데 천 달러나 상금으로 준단다.

1년 평균 수익이 6천 달러인 동네에서 말이다.

"안전을 위해서죠."

"안전?"

"네. 그래야 바로 보고하죠."

"아하!"

만일 뭉그적거리면서 주변을 살피다가 보물을 발견하고 빼돌리면 문제가 된다.

물론 그렇게 쉽게 발견할 구조는 아니겠지만.

"하지만 선착순 열 명입니다. 그리고 수원의 규모는 작아도 상관없다고 했지요. 그런 수원이 몇 개나 될까요?"

"적지는 않겠네요."

당연히 선착순 열 명 안에 들기 위해 서둘러서 보고를 할 것이다.

"그리고 그 자리를 지키겠지요."

다른 사람이 와서 발견하고 또 보고하는 걸 막아야 하니까.

안 그러면 그 돈을 나눠야 한다.

"노 변호사님을 보고 있으면 때로는 무섭습니다."

사람들의 행동 하나하나를 예측해서 움직이는 듯한 결정력.

"뭐, 그게 돈 버는 지름길 아니겠습니까?"

노형진은 살짝 웃었다.

"이제 남은 건 기다리는 것뿐이네요."

그리고 그 결과는 조만간 나올 거라 생각했다.

이때까지만 해도 이 일에 '파리'가 꼬일 거라고는 노형진은 생각도 못 했다.

똥파리는 원래 크다

　-노 변호사님, 지금 이상한 소문이 돌던데요.

한밤중에 엠버에게서 온 연락.

전화기를 든 노형진은 고개를 갸웃했다.

"이상한 소문요?"

　-노 변호사님이 보물을 거의 찾아 간다는 이야기가 있어요.

"그건 모르죠. 일단 대충 의심스러운 장소는 찾았습니다만. 그런데 왜 그러십니까?"

엠버는 법률 전문가이기 때문에 여기에 올 이유가 없다.

로버트야 일단 발견하면 바로 가치를 확인하고 그 수량을 체크할 목적으로 있다지만, 행정 업무는 여기서 할 수 있는 게 아니니까.

−노 변호사님의 뒤에 사람들이 붙었다는 소문이 있어요.

"소문이라뇨?"

−뒤통수를 치려고 하는 것 같아요.

노형진은 침묵을 지켰다.

뒤통수를 친다는 말. 그건 심각한 문제다.

"확실한 건가요?"

−네, 확실해요.

"어느 쪽인지 아시나요?"

−일단 뒤쪽 세계는 100%고요.

"끄응, 무장을 해야겠군요."

뒤쪽 세계라는 것. 그건 결코 좋은 이야기가 아니다.

보물 사냥꾼이 있으면 그걸 노리는 산적이나 해적도 있기 마련이다.

보물을 건지는 순간 습격해서 깡그리 죽이고 모조리 털어 가려고 하는 놈들.

'정보가 샌 건가?'

그럴 수도 있다.

이번 일은 딱히 감춘 게 아니니까.

아니, 그런 보물 탐사를 하려면 미 정부에 신고해야 하니 감출 수가 없었다.

'그런데 뒤쪽 놈들이라⋯⋯.'

노형진은 입안이 바짝바짝 말라 왔다.

이것이 법이다

"어디서 움직이는지는 모르고요?"

―좀 허황된 이야기니까요. 하지만 습격이 없지는 않을 거예요.

"이해했습니다."

―그리고 이 부분이 좀 문제인데, DIA가 같이 움직이는 것 같아요.

"네? DIA요? 그들이 왜요?"

―보복이지 않을까요?

자신들에게 엿을 먹인 노형진에게 보복을 하려고 벼르고 있는 그들이다.

당장 마이스터에 대한 공격을 암중에서 지휘하고 있는 것도 그들이다.

'하긴, 내가 보물을 찾으면 그건 다 뻘짓이 되는 거지.'

그러니 그들이 뒤에서 그걸 방해할 수도 있다.

'아니면 다른 갱단의 습격인 것처럼 꾸미고 보물을 털어 갈 수도 있지.'

어느 쪽이든 DIA가 움직였다는 것은 그다지 좋은 말은 아니다.

―지금이라도 거기서 떠나시는 게 어떨까요?

"그건 무리입니다."

이 근처인 걸 알았으니 자신이 떠나도 다른 사람들이 이곳을 이 잡듯이 뒤질 테고, 그러면 보물이 나올 가능성이 높다.

"그러면 남 좋은 일만 시켜 주는 꼴입니다."

─하지만 너무 위험하지 않겠어요?

"그래도 해야지요. 알겠습니다. 우리가 알아서 진행하겠습니다."

노형진은 긴 한숨을 쉬며 말했다.

그리고 전화를 끊고 나서 바로 로버트를 불렀다.

"존 씨와 이야기해서 군 경험이 있거나 전투 경험이 있는 인디언들을 수배해 주세요."

"무슨 일이 있습니까?"

"약탈꾼들이 붙었습니다."

"약탈꾼요?"

노형진의 말에 로버트의 눈이 찡그러졌다.

그는 보물 탐색을 해 본 적이 없기에 그게 뭔지 몰랐기 때문이다.

"보물 탐사를 하면 뒤통수를 치고 보물을 빼앗아 가는 작자들을 뜻합니다."

"에? 그런 놈들이 있습니까?"

"바다에서는 흔하죠."

물론 육지에도 있다. 다만 드러나지 않을 뿐.

그럴 수밖에 없는 게, 그들은 기본적으로 사람을 살려 두지 않으니까.

"위험한 거 아닙니까?"

"그들은 위험하지 않습니다. 문제는 DIA죠. 그쪽에서도 우리를 방해하기 시작했습니다. 아마도 보물 탐사 관련 정보를 뿌린 게 그들이라고 생각됩니다."

자신들이 직접 손쓰기에는 위험하다.

하지만 그런 정보가 새어 나가면 분명 파리가 꼬일 거라는 걸 그들은 알고 있었다.

"최악의 경우 양패구상을 노릴 수도 있습니다."

"양패구상요?"

"네."

노형진 일행이 약탈자들에게 당한 후에, DIA의 요원들이 약탈자들을 처리하고 보물을 꿀꺽하는 것.

"정보 조직이라는 게 엄청 돈이 들어가니까요. 그 정도 정보력을 가진 조직이라면 보물들을 팔아넘기는 건 어렵지 않을 테니."

노형진은 머리를 긁적거렸다.

"하지만 문명화된 사회인 미국에서 그런 일이……."

"약탈꾼이니 보물 사냥꾼이니 하는 것들은 말만 바꾼 거지 그냥 갱단이라고 생각하시면 됩니다."

"아아아……."

하는 짓거리는 별만 다르지 않다.

다만 보물을 판매할 라인이 있느냐 없느냐의 문제일 뿐이다.

있으면 다 죽이고 파는 거고, 없으면 그냥 마는 거고.

"돈이 있는 곳에는 범죄가 있지요."

그 말을 하던 중 문득 노형진의 머릿속에 번개가 쳤다.

'그러고 보니 생각을 못 했네.'

노형진의 멍한 표정을 본 로버트는 고개를 갸웃했다.

"무슨 일이십니까?"

"아니, 생각해 보니 보물이 미국에만 있는 게 아니군요."

"네?"

"미국에만 보물이 있는 게 아니라고요."

"그게 무슨 말씀이십니까?"

"지금 IS가 발호하고 있지요."

로버트는 눈을 찌푸렸다.

"그 미친놈들은 왜요?"

급속도로 세력을 확장하고 있는 IS, 즉 '이슬람국가'는 사실 그냥 미친놈들 집단이다.

"그놈들은 문화유산이라고 하면 아주 극도로 혐오하지 않습니까?"

"그래요?"

'아직은 안 알려졌나?'

그들이 권력을 잡은 지역에서는 강간과 살인, 인신매매만 벌어진 게 아니었다.

역사적 문화유산이라는 것도 그들은 서슴없이 박살 냈다.

알라의 말씀과 관련이 없다는 이유만으로 말이다.

"그걸 빼돌릴 수 있을까요?"

"그건……."

로버트는 턱을 스윽 문질렀다.

그 또한 그런 생각은 해 보지 못했기 때문이다.

"그쪽의 보물이라……."

"어떻게 생각하십니까?"

"충분히 가능할 거라 생각됩니다만."

"그리고 그 지역에서 연구자들과 전문가, 과학자와 의사를 빼돌립시다."

"그건…… 아하!"

어차피 여기에 의사들이 필요하다.

그들은 거기서 벗어날 수만 있다면 조건은 신경 쓰지 않을 것이다.

과학자들 역시 마찬가지다.

과학이라는 것 자체가 종교와는 정반대의 포지션이다.

'중국이 그렇게 몰락했지.'

중국은 유교가 태동한 국가인 만큼 예를 중시하는 문화가 있었고 문명의 수준도 절대 낮은 게 아니었다.

하지만 홍위병이 일으킨 문화대혁명 당시 소위 말하는 지식 계층, 쉽게 말해서 사람을 가르칠 수 있는 이들을 모조리 죽여 버렸다.

대학교수에서 초등학교 선생님까지.

'그리고 그게 지금의 무식한 중국을 만들었지.'

사회는 돈만으로 흘러가는 게 아니다.

예의가 없고 문화가 없으면 그들은 무식한 독재국가밖에 되지 않는다.

"장기적으로 보면 우리에게는 유리합니다."

이쪽에 병원을 만들게 되면 필연적으로 연구를 해서 신약 개발을 해야 한다.

의료 시스템이 완전히 무너질 때까지, 미국의 제약 회사들이 약을 공급하지 않으려고 할 테니까.

"당장은 복제 약으로 해결할 수 있지만 장기적으로 봐야지요."

"무슨 뜻인지 알겠습니다."

그런 곳에서 활동하는 사람들의 상당수는 미국에서 배운 사람들이다.

거기는 제대로 된 교육 시설이 부족한 데다가 오일 머니로 미국에서 공부시킬 수 있으니까.

"하지만 반미주의에 미쳐 있는 IS가 살려 둘 리 없겠지요."

"네, 그들과 협상해서 그들을 데리고 나오면 될 것 같습니다."

그리고 그들이 나오기 전에 최대한 그곳의 유물을 싹 쓸어 오면 된다.

"좋은 생각이네요."

로버트는 살짝 미소 지었다.

노형진과 있으면 최소한 돈은 안 떨어진다는 생각 때문이었다.

그처럼 금융업을 하는 사람들에게는 그게 제일 중요하다.

"그리고 경호 문제인데, 전투 능력을 가진 인디언들을 모아 보세요. 물론 사실대로 말하고요. 거짓말로 모으면 나중에 문제가 되니까, 설명해 주고 설명을 들었다는 사인도 받으시고요."

"네?"

"그리고 합법적인 라인을 통해 무장하는 게 좋을 것 같습니다. 여기서 무장이라고 해 봐야 권총 정도일 테니까요. 최소한 라이플로 무장시키십시오. 방탄조끼와 방탄모는 돈이 얼마가 되든 필수로 지급하고요. 트럭도 몇 대 구입해서 방탄 처리해서 보호하세요. 그 정도면 어지간한 일은 벌어지지 않을 겁니다. 아무리 막나가도, 미국 한복판에서 대전차무기를 날리는 갱단은 없겠지요."

"하지만 노 변호사님, 그 돈이면 차라리 PMC를 고용하는 게 더 쌀 겁니다."

사실 약탈자라고 해도 결국은 갱단 수준이니 그들이 가질 수 있는 무기는 최대한으로 생각해도 소총 정도다.

대전차무기를 날려 대기 시작하면 경찰이 아니라 군대가 나설 테고, 전 세계와 싸워도 이긴다는 미군과 갱단이 싸우면 결과는 뻔하다.

거기에다 PMC, 즉 민간 군사 기업에 맡기면 훨씬 더 안전하다.

그들은 훈련받은 군인이자 전문가다.

그리고 이미 장비를 다 가지고 있으니 돈이 추가로 들지도 않는다.

"단기 경호하시려면 그냥 민간 군사 기업을 쓰시죠?"

"갱단만의 문제라면 그렇지요. 하지만 적이 DIA라면 이 야기가 달라집니다."

그들은 정보국이고 분명 전문 팀이 있을 게 뻔하다.

최악의 경우 그들을 투입할 테고.

"그들은 대전차무기를 쓰고도 무마할 수 있지요."

"그런데요?"

"하지만 그런 그들이라고 해도 해서는 안 될 게 있습니다. 바로 자국민에 대한 공격이지요."

"아아……."

아무리 미국 정부에서 인종 말살 정책을 펼치고 있다지만, 그래서 투표권조차도 인정받지 못하고 있다지만, 어찌 되었 건 인디언도 미국의 국민이다.

"그리고 현 정부가 인디언에 대한 대규모 학살 작전을 벌 였다는 이야기가 해외에 퍼지면 미국 정부 입장이 어떻게 될 까요?"

"그러면…… 그러네요. 그 정도 일이 터지면 탄핵 사건이 안 터질 수가 없겠군요."

현직 정보 요원들이 아메리칸인디언 자치구에 들어와서 인디언들을 한두 명도 아니고 집단으로 살해했다?

"여기는 인디언 보호구역입니다. 그리고 이곳의 지원은 군이 담당하고 있지요."

"무슨 뜻인지 알겠습니다."

아무리 군 소속 정보 집단이라고 하지만 국방 전부를 그들이 다 통제할 수는 없다.

인디언 보호구역의 구호를 군에서 전담하고 있는 상황에서 내부에서 학살이 벌어질 경우, 출동하는 것은 지역 경찰이 아닌 군이다.

그런데 그런 군에 총질한다면, 그건 DIA가 미 정부를 대상으로 내전을 벌이겠다는 소리밖에 안 된다.

"DIA 입장에서는 나라가 뒤집어지는 꼴을 보기는 싫을 겁니다."

설사 미군에게 총질을 하지는 않는다 하더라도 DIA가 미 국방부 소속인 이상 그 책임을 미 정부도 피할 수는 없고, 최악의 경우 인디언들이 뭉쳐서 독립운동을 할 수도 있으니까.

그러면 미 정부가 나서서 제압해야 하는데, 미국 정부가 아메리칸인디언을 학살하고 군을 동원해서 독립을 막으면, 세계의 우두머리인 척하며 인권을 부르짖는 미국 대통령의 입장을 통통에 처박는 꼴이 된다.

아무리 그들 파벌의 힘이 강하다고 해도 결국 미 대통령은 고사하고 국방부 장관 아래다.

"그들은 결국 기껏해야 갱단이나 부추기겠죠."

그리고 노형진의 말대로 방탄 시스템을 완비하고 방탄 트럭까지 가지고 있다면 갱단은 그들을 어떻게 할 수가 없다.

"갱단도 바보는 아니니 분명 정찰을 올 겁니다."

그리고 자신들의 화력으로 안된다고 하면 포기할 게 뻔했다.

"장기적으로는 훨씬 나은 선택이네요."

"당장 돈을 아끼는 게 능사는 아니죠. 그리고 혹시 압니까, 인디언으로 구성된 민간 군사 기업이 생길지?"

"그건…… 그러네요."

가난한 자들의 마지막 무기가 바로 자신의 생명이다.

돈이 없는 자들이 목숨을 걸고 용병 생활을 하는 것은 어찌 보면 역사적으로 계속된 슬픈 운명 같은 것이다.

"중요한 건 보물을 찾아내는 겁니다. 그걸 발견해서 공표하고 나면 그때는 어떻게 할 수가 없으니까요."

노형진의 말에 로버트는 고개를 끄덕거렸다.

"하지만 DIA가 관여했다는 걸 어떻게 증명하죠?"

"간단합니다."

노형진은 어깨를 으쓱했다.

"정찰병을 보내는 것이 과연 갱단뿐일까요? 후후후."

"젠장. 저 새끼들이 미쳤나?"

좀 떨어진 곳에 있는 트럭들을 본 시밀턴은 욕이 절로 나왔다.

"이걸 어떻게 공작하라는 거야?"

아메리칸인디언으로 구성된 경호 부대.

그 숫자는 백 명 정도.

정보에 따르면 대부분 군 경험이 있거나 총기 사용에 능숙한 이들이라고 했다.

"거기에다 저 무장은 뭐고?"

개개인이 레일이 달린 소총으로 무장하고 권총을 부무장으로 선택하고 있다.

방탄복과 방탄모만 있는 게 아니다.

아예 미군처럼 차 바깥에 몸을 내놓고 쏘는 자리에는 방탄마스크에 전신을 방탄으로 감싸고 있었다.

정식 장갑차는 아니고 단시간에 개조한 트럭이라고 하지만, 일반적인 갱단이 감당할 수 있는 숫자가 아니다.

"뭐가 어떻게 되어 가는 거야?"

그의 임무는 갱단을 자극해서 보물을 탐색하는 그들을 습격하게 하는 것.

조 단위의 보물이라는 말에 다들 반색했지만 그 구역이 인디언 보호구역이라는 말에 절반이 포기했고, 정찰하러 왔다가 무장 상태를 보고 또 그중 절반이 포기했다.

"퍼킹!"

시밀턴은 다시 몸을 꿈지럭거리면서 언덕 너머로 몸을 피했다.

자신이 아무리 노력한다고 해도 저 정도면 진짜 대대적으로 공격이 이루어져야 한다.

"망할 새끼들 같으니라고."

불법 무기 소지죄로 고발하고 싶지만 그들은 라이선스가 있다는 걸 알고 있다.

그러니 의미도 없다.

방탄 장비 같은 경우는 애초에 공격 무기가 아니라서 법이 헐거운 부분이 있고 말이다.

"도대체 저 새끼들이 뭔 짓을 했기에?"

보물찾기를 한다는 놈들이 뭘 했기에 상부에서 그들을 감시하라고 하는지 그는 몰랐다.

다만 그들의 모든 행동은 합법의 테두리 안에서 이루어진다는 것이 문제였다.

"일단 내가 할 수 있는 일은 없는 것 같은데."

눈을 찌푸린 그가 뒤로 슬슬 물러나려고 할 때였다.

"뭐지?"

몰려 있던 사람들이 갑자기 다급하게 차량에 탑승하더니

어디론가 한 명도 빠짐없이 이동하기 시작했다.

그걸 본 시밀턴은 왜 그런지 어렵지 않게 알아차렸다.

'발견했구나.'

보물을 찾기 위해 모인 사람들이다.

그리고 그걸 지키기 위해 만들어진 조직이다.

지난 며칠간은 할 일이 없어서 서로 호흡만 맞추고 훈련만 했지만 보물이 발견되었다면 이야기가 달라진다.

"킬로 원. 센터 원, 응답하라."

─여기는 센터 원. 무슨 일인가?

시밀턴은 다급하게 위성 전화를 꺼내서 연락했다.

그가 있는 위치는 핸드폰이 안 터진다.

당연하게도 무전기도 안 터지고 말이다.

"센터 원, 그들이 다급하게 움직이고 있다. 그들이 발견한 것 같다."

─대기하라, 센터 원.

짧은 통화다. 상대방은 대기하라고만 했지만 자신이 한 보고의 의미를 몰라서 그렇게 말한 것은 아닐 것이기에 시밀턴은 다시 채근하지 않았다.

무슨 명령이 나올지 알기에 그는 서둘러서 차로 움직였다.

─킬로 원, 상대방의 목적지를 확인하라.

"알았다, 센터 원."

그는 차에 타자마자 옆에 있는 파트너를 툭 쳤다.

"우웅?"

옆에 있던 다른 요원은 다급하게 일어나서 침을 닦으며 주변을 둘러봤다.

"움직이자."

"뭔 일인데?"

"그들이 움직이기 시작했어. 아무래도 보물을 찾은 모양이야."

"이렇게 쉽게?"

"모르지. 하지만 최소한 관련 증거라도 찾았겠지."

시동을 걸고 천천히 움직이는 두 사람.

그들의 목적은 그 보물이 있는 곳을 확인하는 것이었다.

'운이 좋다면 중간에 습격할 수도 있을지도.'

누군가는 그 보물이 있는 곳을 지켜야 하고, 저들의 병력이 많지 않으니 이동 중에는 경비 병력이 줄어들 것이다.

'그때는 갱단이 좀 움직일 수 있겠지.'

방탄 트럭이라면 곤란하지만 일반 차량이라면 가능한 일이다.

"도대체 어디로 가는 거야?"

"글쎄."

인디언 보호구역은 넓다. 하지만 황무지다.

인디언 보호구역이 생길 당시 미국의 목적은 인디언 문화의 말살이었기에 황무지로 된 땅을 줬기 때문이다.

"거리 좀 두고 가."

"알고 있어. 내가 바보인 줄 알아?"

이미 차량에는 추적 장치를 붙여 놔서, 거리가 좀 떨어져 있어도 추적은 어렵지 않다.

"좀 떨어진 곳인가 본데?"

한 시간이 넘게 달렸음에도 불구하고 저 멀리 보이는 흙먼지가 사라지지 않자 발견지가 멀다는 사실을 깨달은 그들이 주변을 둘러보는 그때였다.

부아앙!

갑자기 코너에서 튀어나와 두 사람의 차로 뛰어드는 차량들.

그 창문 너머에서는 총을 든 인디언들이 노려보고 있었다.

"이런 씨발."

그제야 일이 잘못된 것을 알아챈 시밀턴은 무장을 확인하려 했지만 이내 자신을 겨눈 소총을 보고 포기했다.

아무리 자신이 특수 요원이라고 하지만 코앞에서 십여 개의 소총이 자신을 겨누고 있는데 저항할 수는 없었다.

"정지! 정지! 정차하십시오!"

차량들이 포위하고 확성기로 멈추라고 하는데 안 멈출 수는 없는 노릇.

그들이 천천히 차량을 멈추자 그들을 포위한 다섯 대의 차량에서 인디언들이 내려서 다가왔다.

"우리는 지나가는 여행객입니다. 왜 이러십니까?"

시밀턴은 애써 변명을 했다.

하지만 정찰대를 이끌고 있던 리디는 그렇게 생각하지 않는 듯 다짜고짜 차량을 뒤졌다.

"요즘 여행객은 차에 위성 전화에 샷건에 소총까지 챙기면서 캠핑용품이나 여행용품은 안 챙기나 보네요?"

"그건 제 마음이지요."

일단은 우기는 시밀턴.

하지만 자신의 앞으로 다가오는 남자의 얼굴을 알아본 그는 마음속에서 욕이 절로 튀어나올 수밖에 없었다.

"나이트홀스 캠벨이라고 합니다."

자신의 신분증을 내밀며 말하는 남자를 보면서 시밀턴은 진심으로 일이 꼬였다고 생각했다.

그럴 수밖에 없는 게, 나이트홀스 캠벨은 그냥 아는 사람이 아니라 상원 의원, 그것도 인디언 출신의 상원 의원이었기 때문이다.

DIA가 인디언을 감시하다가 정통으로 상원 의원에게 걸렸다.

이게 정치권으로 비화되지 않으면 이상한 거다.

"제가 자기소개를 했으니 그쪽도 소개를 하는 게 예의겠지요. 그렇지 않습니까?"

"디어 에플렉이라고 합니다."

일단 우기는 시밀턴.

리디는 그런 그를 보면서 눈을 찌푸렸다.

"제가 들은 이름은 그게 아닌데요?"

"무슨 말씀이십니까? 여기 신분증이 있지 않습니까?"

자신의 신분증까지 내미는 시밀턴.

"그래요? 그건 FBI가 조사하면 나오겠지요, 당신이 민간인인지 DIA인지."

'염병.'

자신의 신분까지 정확하게 집어내는 나이트홀스 캠벨을 보면서 시밀턴은 이 일을 어떻게 수습할지 벌써부터 머리가 아파 왔다.

⚖

−결국 잡혀갔다고요?

"그럴 겁니다. 신분을 밝힐 수는 없었을 테니까요."

결국 정체 모를 남자는 FBI에 잡혀갔다.

로버트는 인터넷으로 보고하면서 참으로 신기하다는 생각을 했다.

시간적 여유 때문에 노형진은 한국으로 돌아갔다.

하지만 한국에 있음에도 불구하고 마치 미국에 있는 것처럼 모든 것을 예측하고 있었다.

"그런데 감시가 붙을 줄은 어떻게 아셨습니까?"

-그들이 감시한다고 하면 뻔하죠.

자신, 아니면 병력을 감시할 수밖에 없다.

-그런데 DIA는 미 국방부 소속이거든요. 그리고 내가 보물찾기를 하는 것도 아니니까요. 거기에다 전 한국에 와 있으니 그들이 감시할 건 병력뿐이라는 거죠.

"아아."

국방부라는 특성상 그들이 가질 관심의 1번은 당연히 병력이다.

그리고 한국은 DIA가 아닌 CIA의 소관이다.

-다급하게 움직이면 그들이 따라붙을 건 뻔하죠, 보물을 찾았다고 생각할 테니.

애초에 노형진의 함정이었다.

그렇게 만들어진 함정에 빠진 DIA는 생각도 못 하고 그들을 추적했다.

물론 현장에서 그들을 체포했어도 일반적인 경우라면 어떻게 할 수가 없다. 국가에서 빼 줄 테니까.

-하지만 상원 의원이 끼면 상황이 달라지죠.

하물며 인디언 출신 상원 의원이다.

인디언의 역사에 대해 가장 잘 알고 있는 그가 이 문제를 조용히 넘어갈 리는 없다.

-거기에다 적당한 소문까지 퍼트리면, 붐! 폭탄이 터지는 거죠.

"한국에 계시지만 미국을 뒤흔드시네요."

―물론 이게 진짜 큰일까지는 안 갈 겁니다. 하지만 정치적인 양보는 많이 얻어 낼 수 있을 겁니다.

"그럴 거라 생각합니다."

―병원 문제는 어떻게 되어 가나요?

"부지는 확보했습니다. 건설도 빠르게 이루어질 것 같습니다. 워낙 실업자가 많아서요."

흔치 않은 인디언 보호구역 내의 직장.

그곳에서 일하려고 하는 사람들은 넘쳐 났다.

―전에도 말씀드렸다시피 병원에서 약을 빼돌릴 수 있으니 사람은 잘 뽑아야 합니다. 특히 중독자들은 절대 고용하시면 안 됩니다.

"걱정하지 마십시오. 그들을 다 빼도 사람들은 넘치니까요."

로버트는 자신 있게 말했다.

"하지만 보물이 발견되지 않을지도 모른다는 게 문제네요."

―그게 문제이기는 하지만, 일단 우리가 진행할 수 있는 건 해야지요.

노형진은 진짜 돈이 되는 그 사업을 포기할 생각이 없었다.

―저도 한국에서 미국으로 갈 수 있는 사람을 찾아보겠습니다. 그쪽에서 허가를 받아 내는 건 어떻게 되어 가나요?

아무리 인디언들이 자치권을 가지고 있다고 하지만 어찌 되었건 미국의 일부다.

그 지역에서 한국인 의사가 활동하기 위해서는 그 지역에서의 법이 먼저 지원되어야 한다.

"별문제 없습니다. 이 지역 의원들은 적극적으로 지지하고 있습니다. 사실 지금 상황에서 가장 효율적인 방식이니까요."

노형진도 인디언도 욕심을 좀 줄이고 병원을 유치해서 수익을 낸다면, 전 미국에서 어마어마한 수익을 낼 수 있을 것이다.

─그리고 전에 말했지만 병원은 공동 시스템으로 운영해야 합니다.

인디언들도 저마다 부족도, 숫자도 다르다.

서부 쪽에 있는 인디언 보호구역은 엄청나게 넓지만 동부 쪽은 엄청나게 좁다. 그런데 인구는 서부 쪽보다 많다.

─만일 병원을 오픈하면 죄다 동부 쪽으로 몰릴 겁니다.

그래서 병원은 따로 운영할 수는 없다.

그러면 극단적 빈익빈 부익부가 될 테니까.

─우리까지 인디언끼리 싸우게 할 수는 없지요.

그래서 모든 병원은 각 지역에서 만들되 그 수익은 중앙으로 갔다가 공정하게 분배될 것이다.

만일 한쪽으로 사람들이 몰린다면 설득해서 좀 멀더라도 서부 쪽으로 보낼 수도 있고 말이다.

"확실히 미 정부하고는 다르네요. 미 정부에서는 어떻게 해서든 서로 결합하지 못하게 하는데요."

–저는 미국인이 아니니까요. 그나저나 생각지도 못한 일이 터져서 아무래도 로버트 씨가 저를 대신해서 미국에서 좀 움직여 줘야 할 것 같습니다.

"제가요? 뭘 어떻게 할까요?"

–애초에 최초의 목적을 잊지 말아야지요. 상황이 좀 바뀌어서 우리도 대응법을 좀 바꿔야 할 듯합니다. 우리를 엿 먹인 놈들에게 제대로 엿을 먹여야지요. 안 그렇습니까? 후후후.

"어떻게 생각하십니까?"

나이트홀스 캠벨의 말에 DIA 부국장은 진땀을 흘렸다.

"아니, 어디서 난 건지 모르겠습니다만 저희가 인디언에 대한 대량 학살을 준비한다는 건 헛소문입니다. 지금 시대가 어떤 시대인데요."

"그래요? 그런데 왜 거기에 DIA의 요원이 있었지요?"

'퍼킹!'

부국장은 진땀을 흘렸다.

국장이 갑자기 출장이 생겼다면서 도망간 탓에, 생각지도 못한 일로 상원 위원회에 불려 왔기 때문이다.

"그건 인디언 중 일부가 무장을 한다는 이야기가 있어서……."

"정식으로 사업 허가를 받고 총기 소지 허가증을 받았습니

다. 그런데 그게 문제인가요? 이건 명백한 인종차별인 거 아
시죠? 백인 우월주의 집단에서 운영하는 곳은 손도 못 대지
않습니까?"

"아니, 그게……."

할 말이 없다. 실제로 그러니까.

"부국장, 도대체 무슨 생각을 한 겁니까?"

DIA에서 그의 파벌은 지난번 일 이후에 심각하게 힘이
빠진 상태였다.

그래서 어떻게 해서든 상황을 바꿔야 했는데, 상황은 바뀌
기는커녕 더욱 최악으로 치닫고 있었다.

"이야기를 들어 보니 두 가지 작전이 벌어지고 있더군요.
하나는 거기서 벌어지는 보물찾기의 약탈 계획, 다른 하나는
갱단을 이용한 인디언 말살 계획."

"아닙니다!"

"글쎄요?"

나이트홀스 캠벨은 피식 웃었다.

그가 누구보다도 잘 안다.

정보 조직은 거짓말에 능하다.

그가 상원 의원이 될 때까지 정보 조직의 견제를 단 한 번
도 받지 않았다면 오히려 그것이 거짓말일 것이다.

"저희는 그런 허무맹랑한 계획은 세운 적이 없습니다."

"하지만 그러면 그들에게 갱단을 보내려고 한 계획은 뭡

니까?"

"그건…….."

갱단이라는 존재는 대부분 돈을 보고 움직인다.

자신들이 갱단을 부추긴 건 사실이고, 그중 일부의 증거가 남아 있었다.

"어느 쪽이든 이건 그냥 넘어갈 수 없겠습니다. 이건 청문회로 가야 할 듯하니 물러나십시오."

"의원님!"

"아니면 저도 죽이실 생각입니까, 인디언이니까?"

표독스러운 표정으로 말하는 나이트홀스 캠벨을 보면서 부국장은 당혹감에 고개를 숙였다.

"그건 오해입니다. 진짜로요."

"학살도 아니다, 보물을 탈취하는 것도 아니다. 그런데 요원이 거기에 가 있었던 이유는 왜 말하질 못합니까?"

"그건…….."

말할 수가 없다.

아무리 정보 조직이라고 하지만 수장의 개인적 보복을 위해 조직을 이용했다고 하면 미국에서 그 자리를 보전할 수는 없다.

'젠장.'

안 그래도 한번 걸려서 파벌이 난리가 났다가 간신히 목숨을 건졌는데, 또 걸리면 이번에는 진짜 파벌을 제대로 박멸

하려고 덤빌 게 뻔했다.

"조사 중입니다."

"조사 중이라……. 무슨 뜻인지 알겠습니다. 정식으로 위에 조사를 요청하지요."

부국장은 입술을 깨물 수밖에 없었다.

그는 힘없이 나오자마자 전화기를 들었다.

"지금 시행 중인 작전 중지해."

─네? 하지만 부국장님, 이건 국장님이 시키신…….

"이 새끼야! 상황 어떻게 돌아가는지 몰라? 지금 국장이 문제야?"

─…….

"우리 다 털리게 생겼는데 국장 명령이 중요해? 너 개인적 보복으로 조직을 동원하다가 걸리면 국장이 어떻게 될 것 같냐! 어?"

다른 사람도 아닌 상원 위원이 파기 시작하면 어떤 정보가 나올지 모른다.

애초에 그걸 가지고 가면 자기들이 다 죽을 판국이다.

"당장 중지해! 철수하고, 그쪽 애들한테 손 털라고 하고!"

─하지만 손실이…….

"지금 손실이 문제야!"

소리를 버럭버럭 지르는 부국장.

"돌아와! 돌아와서 관련 문서부터 해결해!"

그가 전화를 막 끊는 순간 또다시 울리는 핸드폰.

"누구야!"

—부국장님, 큰일 났습니다!

"뭔 큰일?"

—국장님께 연락이 안 됩니다!

"그건 걱정하지 마! 도대체 뭔데 국장님을 찾아?"

—마이스터가 움직이기 시작했습니다!

부하가 다급하게 보고하자 그 말을 들은 부국장의 얼굴이
창백해졌다.

"그러니까 이놈들이 당신들에게 보복을 한답시고 내 돈을
유용하는 바람에 내 돈이 마이너스가 됐다?"

"그렇습니다."

투자회사에서 상대방을 공격한다는 것.

그건 단순히 이익만을 위한 게 아니다.

아니, 이익을 추구하는 회사의 특성을 생각하면, 사실 상
대방에게 피해를 강요하려면 내 쪽에서도 손해를 감수해야
한다.

"그거 확실한 증거입니까?"

"DIA의 요원이 저희 쪽을 추적하다가 잡혔습니다. 저희

를 추적한 이유는 말하지 않더군요."

"이런 개 같은……."

투자자는 부들부들 떨었다.

자신이 무리 10만 달러나 손해를 봤다.

절대 적은 돈이 아니다.

그런데 그 손실의 원인이 DIA란다.

"저희로서는 사실 상관없습니다만."

로버트는 모른 척했다.

"그들이 입힌 손해 정도는 거의 의미가 없습니다. 아시겠지만 저희는 미다스가 세운 회사입니다. 지금까지 단 한 번 빼고는 모조리 성공한 그 투자자 말입니다."

"그런데 왜 나를 찾아온 겁니까?"

"저희가 손해를 입는 것과 투자자가 손해를 입는 건 전혀 다르니까요."

투자회사는 손실을 입을 수 있다.

하지만 고의적으로 투자자에게 손실을 입혀서는 안 된다.

"저희가 봐서는 이건 계속될 겁니다. 여러분들의 손실은 계속 커질 테고요."

로버트는 우려 섞인 표정으로 그를 바라보았다.

"물론 여러분들 입장에서는 얼마 안 되는 돈일 수도 있습니다. 하지만 미다스와의 전쟁에서 여러분 돈으로 투자가 이루어진다면, 결과적으로 여러분들은 손실이 늘어납니다."

"끄응……."

"미다스와 돈 싸움에서 이길 자신 있으십니까?"

"……."

세상에 과연 단독으로 미다스와의 돈 싸움을 해서 이길 수 있는 사람이 몇이나 있을까?

"설사 이긴다고 해도 뭐가 남지요?"

자기 돈만 들어간 것도 아니고, 이긴다고 해도 남는 건 없다.

"자릴투자금융에 투자 기록서를 달라고 하세요. 다른 투자 전문가에게 그걸 넘겨서 분석해 달라고 해 보십시오. 저희에게 맡기지 않으셔도 됩니다."

로버트는 마지막으로 명함을 내밀었다.

"이곳은 이런 투자 피해자들을 모아서 소송을 준비 중인 드림 로펌입니다."

"드림 로펌이라고? 그 미다스가 투자했다는?"

"그렇습니다. 혹시나 관심이 있다면 연락 주십시오."

로버트가 인사를 마치고 바깥으로 나오는 순간, 누군가 그의 멱살을 거칠게 잡아 올렸다.

"뭐 하는 거야!"

"미시즈 로진, 오랜만이네요."

"오랜만? 지금 우리 죽이려고 작정했어?"

미시즈 로진. 자릴투자금융의 대표로, 흔하지 않은 여성 대표였다. 그녀는 다급한 소식을 듣고 로버트를 찾아 헤맬 수밖에 없었다.

"너 지금 뭐 하는 짓이냐고!"

"스스로 말씀하셨지 않습니까? 죽이려고 움직인 거지요."

"이, 이, 이……."

"애초에 전쟁을 시작한 건 그쪽입니다."

자릴투자금융이 먼저 공격을 시작한 거지 마이스터가 먼저 시작한 게 아니다.

"DIA가 영원히 지켜 줄 거라 생각했습니까?"

"큭."

DIA라는 백을 얻고 그들의 지원을 얻으면 마이스터가 두들겨 맞기만 할 거라 생각했다.

틀린 말은 아니다. 아무리 마이스터라고 해도 DIA 같은 국가조직을 상대로 싸우는 건 쉽지 않으니까.

"하지만 그들이 손 털었죠. 아마 아실 텐데요?"

DIA는 손을 털고 나갔다.

당장 중요한 건 자신들을 보호하는 거지 노형진과 마이스터를 공격하는 게 아니니까.

"한 번 싸움을 건 사람은 두 번 걸 수 있는 법이지요."

이번에 DIA와 손잡고 자신들을 공격한 자들은 분명히 다음번에 기회가 오면 또 그럴 게 뻔했다.

그럴 거면 차라리 박살을 내는 게 미래에 좋다.

─투자자의 함정에 조심하라.

노형진이 로버트에게 해 준 말이다.

어마어마한 돈을 운영하다 보니 많은 투자 전문가들이 그 돈이 자기 돈이라고 생각한다.

실제로 투자 위탁을 받아서 하는 것인 만큼 그 과정에서 손실이 나도 배상 책임은 없으니까.

'하지만 고의적 손실은 전혀 다른 이야기지.'

이번 경우 고의적으로 손실이 벌어진 증거는 사방에 있다.

따라서 그 목적성을 확인하는 건 어려운 일이 아니다.

'그리고 그 경우는 징벌적 손해배상 청구가 가능해.'

당연히 로진이 벌벌 떨 수밖에 없다.

징벌적 손해배상을 청구받으면 로진은 그 돈을 다른 투자자의 돈으로 메꿀 수밖에 없으니, 결과적으로 모든 투자자들이 손 털고 나갈 테니까.

돈이 없는 거지 투자사가 없는 게 아니다.

"너…… 너…….."

"그러니까 상대방을 보고 덤비셨어야지요."

로버트는 빙긋 웃었다.

"그러면 법정에서 뵙겠습니다."

로버트의 말에 로진은 털썩 주저앉을 수밖에 없었다.

보물의 행방

노형진은 다급하게 비행기를 타고 다시 미국으로 돌아왔다.

그가 비행기에서 내리자 기다리고 있던 로버트가 다가왔다.

"가면서 이야기하죠."

"그러시죠."

노형진이 바깥으로 나가자 한 대의 SUV가 기다리고 있었고 두 사람은 바로 그걸 타고 움직였다.

그 차량은 호텔이 아닌 시 외곽으로 바로 빠져나갔다.

"의심스러운 정황을 발견했다고요?"

"그렇습니다."

몇 달이나 걸리는 수색에 노형진이 내내 함께할 수는 없었다.

노형진은 로버트와 사람들에게 수색을 맡기고 한국으로

돌아갔다.

그리고 그곳에서 수색하던 사람들은 오래된 고물 냄비를 발견했다.

"일단은 서부 시대에 사용되던 것은 맞습니다. 그거 말고도 몇 개가 더 있었습니다. 가령 오크 통을 조일 때 쓰는 쇠링 같은 거 말이지요."

"오크 통이라……."

오크 통은 와인을 담는 데 쓰는 통으로, 사람 하나가 들어갈 정도로 크다.

당연히 그걸 가지고 다니는 사람은 별로 없었다.

덩치가 너무 크니까.

그 말이 의미하는 건 하나뿐이다.

"주둔지라는 의미군요."

"그럴 가능성이 높습니다. 개울이 옆에 있으니까요, 그 정도면 몇백 명분의 물을 감당할 수 있었을 겁니다."

오크 통은 소모품이다.

돌아갈 때는 그걸 가지고 갈 필요가 없다.

어차피 버릴 물건이니까.

거기에 물이나 기타 필요한 물건을 담으면 모를까, 마차의 공간만 차지한다.

"합리적인 의심은 버려진 오크 통이 썩어서 나무는 무너지고 링만 남았다는 거네요."

"네, 그 이후에 딱히 다른 흔적은 없습니다."

"동굴 같은 게 있는 지형인가요?"

"그건 아닙니다. 그래서 발견하지 못했습니다."

"그렇겠지요."

그런 공간이 있었다면 지금쯤 그 보물이 발견되지 않았을 이유가 없다.

"일단 인디언 경호 팀을 제외하고는 접근을 막고 있습니다."

"존 쿠디 씨는 뭐라고 하던가요?"

"잔뜩 흥분해 있습니다."

"그분뿐만이 아닐 텐데요?"

"그건 그렇지요, 후후후."

존 쿠디뿐만이 아니다.

그곳에서 발견되는 보물은 미국 인디언들의 미래를 바꾸어 줄 것이다.

미 정부에서는 빈약한 의료 시스템 때문에 외국인 의사라도 초빙하려고 하는 모양이라고 생각하는 듯하지만.

"인디언 연합체에서는 적극적으로 지원해 주겠답니다."

"그래야지요."

그러면서 노형진은 바깥을 바라보았다.

소도시의 공항이었기에 얼마 지나지 않아서 황폐한 대지가 모습을 드러냈고, 그렇게 거의 열 시간이 지나고 나서야 노형진은 원하는 장소에 도착할 수 있었다.

"으으으, 온몸이 쑤시네요."

수십 시간의 비행. 아무리 퍼스트 클래스라고 해도 쉬운 게 아니다.

더군다나 그 이후에 바로 열 시간의 자동차 이동이라니.

"피곤하지 않으십니까?"

"전혀요. 비행기랑 차에서 충분히 잤습니다."

설사 잠을 자지 않았다고 해도 당장 눈앞에 보물이 있는데 잠이 올 리가 없다.

"이곳이군요."

노형진은 천천히 다가갔다.

개울이 흐르고 주변에는 썩어 가는 나무들이 드문드문 있다.

"흔적을 봐서는 확실히 집단 숙소가 있었던 모양이군요."

"네."

주변을 아무리 돌아봐도 아무것도 없는 곳.

'숲이라도 있을 줄 알았는데.'

하지만 숲은커녕 나무 한 그루도 보기 힘든 평야 지대다.

'하긴, 그렇겠지.'

보물을 숨길 만한 깊은 숲속 또는 동굴이 있었다면 아마 벌써 발견했을 것이다.

인간의 탐험 정신은 생각보다 강하니까.

'하지만 여기는 아무것도 없지.'

보이는 것이라고는 좀 떨어진 곳에 있는 개울뿐.

"여기가 맞을까요?"

"맞을 겁니다."

노형진은 고개를 끄덕거리면서 말했다.

"위치상 뭐가 있을 만한 지역은 아니거든요. 뭐, 훈련소 같은 게 있기에는 좋은 위치네요."

"평계를 대고 대단위 병력을 주둔시킬 수 있다는 말이군요."

"네."

그리고 인원이 많으면 움직이는 것도 많은 만큼, 물건들이 수시로 들어가는 것도 어려운 일은 아닐 것이다.

"그러면 이 아래에 있겠군요."

로버트는 바닥을 발로 탁탁 굴렀다.

"설마 영화처럼 구르면 소리가 난다거나 하는 걸 기대하면서 그러신 건 아니죠?"

"크흠…… 쩝…….."

부정을 못 하는 로버트를 보면서 노형진은 피식 웃었다.

"소리는 안 날 겁니다."

소리가 나려면 막혀서 소리가 울려야 하는데 여기는 그런 구조가 아니다.

더군다나 누가 봐도 흙이 잔뜩 쌓여 있는 공간이다.

"흙이 충격을 분산하기 때문에 소리가 날 정도의 충격이 가지는 않을 겁니다. 설사 나무판으로 덮어 놨다고 해도 벌써 100년 전 이야기입니다. 이런 황야는 그런 걸 바람으로 충분히 덮을 수 있지요."

"하긴, 그러네요."

로버트는 고개를 끄덕거렸다.

"그러면 사람을 써서 파든가 아니면 지하를 탐색하는 장비를 가지고 와야겠네요."

"그것도 좋지만……."

노형진은 주변을 둘러봤다.

광대한 토지. 여기를 파고 보물을 찾으려면 얼마나 걸릴까?

지하를 탐색하는 장비를 가지고 와도 되기는 한다.

미국은 한국과 다르게 그런 장비로 시신을 찾으니까.

쉽게 말해서 일종의 지하 레이더라고 보면 된다.

쏘아 보낸 충격파가 반사되어 들어오는 걸 판단해 공간이나 형태를 판단하는 그런 방식.

'그럴 필요는 없지.'

노형진은 한쪽에 쌓여 있는 고물로 다가갔다.

다 썩어서 남은 거라고는 쇠뿐인 오크 통의 쇠 링.

'어떤 형태인지 알면 대충 나올 거야.'

노형진은 손을 거기에 대고 기억을 읽었다.

기억 자체는 무척이나 오래되기는 했지만 다행히 그사이에 다른 기억이 없었기에 아주 흐릿하지만 읽을 수는 있었다.

'내가 찾는 것은 사람이 아니야.'

이 지형의 원래 형태를 예측할 수 있다면 장소가 어디쯤인지 알 수 있을 것이다.

이윽고 지금까지 대평야였던 곳에 건물들이 보이고 사람들이 다니는 게 보였다.

"여기서 떠나야 하나?"

"망했잖아, 이제 와서 뭘 어쩔 거야?"

누군지 모를 사람들의 대화.

보아하니 레톤이 망한 후 떠나가는, 훈련소에 있던 사람들의 모습인 모양이었다.

"소장도 인디언에게 죽고 말이지."

"멍청한 놈."

'그랬군.'

사실 이곳을 지키기 위해서는 누군가 비밀을 알고 있는 사람이 있어야 했다.

"여자가 없으면 잠 못 자는 놈이었으니까."

원래 이곳은 훈련소이기도 했지만 주둔 기지이기도 했다.

그리고 서부 개척 시대에는 이런 곳에 창부가 있는 게 보통이었다.

'망한 게 문제였군.'

그런데 회사가 망하고 돈도 안 나오자 돈이 안 벌리니 가장 먼저 창부들이 떠났고 직원들도 한두 명씩 떠났다.

그래도 소장은 끈덕지게 버텼다.

'그럴 만하지.'

그는 지하의 비밀을 알고 있었으니, 보물이 자신의 것이 될 거라 생각했으니까.

"소장이 그런 미친 짓을 할 줄 알았나?"

그런데 문제는 그 소장이 여자라면 환장한다는 것이었다.

평소라면 창부가 해결해 줬겠지만 다 떠나자 그는 여자를 무척이나 찾았고, 결국은 이곳이 인디언 보호구역인 걸 알면서도 인디언 처자를 납치해서 강간하다가 인디언들에게 머리 가죽이 벗겨졌다.

'그게 이들도 여기를 떠난 이유로군.'

마지막까지 남아 있던 사람들도 짐을 챙기고 너도나도 이곳을 떠났다.

지금 노형진에게 보이는 이들이 마지막 팀이었다.

"젠장, 여기서 정착할 줄 알았는데, 어쩌지? 다른 탐정 회사는 거의 풀이라던데. 뭐, 그쪽 상황도 안 좋지만."

탐정 회사를 없애기 위해 정부에서 압력을 주던 시기.

그러니 이직도 쉽지 않았다.

"수사국이 생긴다고 하던데."

"수사국?"

"그래. 정부에서 범죄자들을 추적할 모양인가 봐."

"거기나 지원할까?"

이것이법이다

그렇게 말하는 사람들.

그리고 기억은 여기서 끊어졌다.

아마도 이 통에 기대어 있던 남자가 몸을 일으킨 모양이었다.

"노 변호사님?"

노형진은 쇠고리에서 손을 떼고 자리에서 일어났다.

그리고 성큼성큼 어디론가 향했다.

그곳이 어디일까 생각하면서.

그건 어렵지 않게 찾을 수 있었다.

그 남자의 머릿속에 이곳의 대략적인 지형이 들어 있었으니.

"노 변호사님, 어디 가십니까?"

"따라오세요. 대충 느낌이 옵니다."

"느낌요?"

"절 못 믿으십니까?"

"네? 그건 아닙니다."

아무리 정보의 시대라고 하지만 촉이라는 것도 무시 못 한다.

게다가 다른 사람도 아닌 미다스의 촉을 무시할 수는 없다.

'여기가 소장의 숙소.'

이곳이 소장의 숙소였다.

물론 소장의 숙소에 보물을 두지는 않았을 것이다.

'그리고 여기에 지하 터널을 파지도 않았겠지.'

그러면 짐을 내리는 걸 다 볼 테니까.

노형진은 거기서 몇 미터를 더 전진했다.

"여기를 파 보세요."

"이 자리를요?"

로버트는 주변을 둘러봤다.

다 썩은 나무판자 말고는 아무것도 없는 공간.

"이 아래라고 생각하십니까?"

"네."

노형진은 그럴 수밖에 없다고 생각했다.

여기는 마구간이니까.

'그것도 직원용 마구간이지.'

소장의 숙소에서 가까운 직원용 마구간.

기억 속에서 본 바로는, 마차 네 대 정도는 너끈히 들어갈 수 있는 규모였다.

'필요 이상으로 큰 공간이지.'

거기에다 위치도 이상했다.

소장의 숙소와 가까운 지점.

상식적으로 높은 자리에 있는 사람은 편한 걸 추구하기 마련이다.

물론 마구간이 있으면 편하기는 할 거다, 빨리 움직일 수 있으니.

'하지만 냄새는 어쩔 건데?'

한두 마리도 아닌 말들이 싸 대는 똥 냄새.

그래서 대부분의 부유한 주택은 마구간이 좀 떨어진 곳에 있다.

말이야 부하에게 가지고 오게 하면 그만이니까.

"여기를 파 봅시다."

로버트는 노형진의 촉을 믿고 땅을 파기 시작했다.

그리고 얼마 지나지 않아서 뭔가 걸리는 소리가 들렸다.

"여기에 뭔가 있습니다!"

누군가의 말에 우르르 몰려온 사람들이 그곳을 정리하기 시작했고, 얼마 지나지 않아서 거대한 쇠로 된 문이 드러났다.

"나무판으로 가려져 있었군요."

아마도 사용할 때는 나무판으로 가려 놓았던 모양인지 그 주변에는 썩어 가는 나무가 가득했다.

"열어 봅시다."

거대한 쇠로 막혀 있기는 하지만 유압식 절단기 하나면 잘라 내는 것은 어렵지 않았다.

끼이이, 커다란 소음과 함께 천천히 열리는 문.

그리고 그 아래로 계단이 모습을 드러냈다.

"계단이다."

그것을 본 누군가의 말.

나무가 아닌 벽돌을 쌓아 올려서 만든 계단이기에 아직까지 무너지지 않았다.

"들어가 보죠."

노형진은 라이트를 들고 천천히 아래로 내려갔다.

아주 오래된 공간이라면 사실 밀폐되어 있을 수 있어서 공기 자체도 조심해야 하지만, 이곳은 그렇게 오래된 공간이 아니었고 공기 자체는 통하고 있었던 모양인지 냄새는 나지 않았다.

"으흑! 이건!"

로버트는 옆으로 무심코 시선을 돌렸다가 기겁을 했다.

거기에 해골이 한 구 있었기 때문이다.

"여기도 있습니다."

해골들의 특징은 팔다리에 족쇄가 달려 있다는 것이었다.

그리고 그들의 머리에는 하나같이 구멍이 나 있었고 말이다.

"어떻게 된 거죠?"

"짐을 일반 직원에게 나르게 할 수는 없었을 테니까요."

"아……."

그러면 이야기가 새어 나갈 수 있다.

노예를 쓰자니, 이때쯤에는 노예제도가 사라진 후이다.

"그러면 이 사람들은?"

"글쎄요. 그건 모를 일이죠."

레톤탐정사무소에 살해당했다고 알려진 갱단일 수도 있고, 아니면 근처에서 납치된 사람일 수도 있다.

중요한 건 이들을 살려 보내지 않았다는 것이다.

그들의 머리에 난 구멍은 누가 봐도 총알구멍이었다.

"중요한 건 그게 아니니까요."

노형진은 천천히 안으로 들어갔다.

그 지하 공간은 어마어마하게 컸다.

주변을 둘러보니 몇 개의 방으로 나뉘어 있었는데, 안쪽 방부터 차근차근 짐을 쌓아 올린 듯했다.

"이럴 수가."

가장 안쪽 방으로 들어간 로버트는 입을 쩍 벌렸다.

"이게 다…… 뭐죠?"

"그림이군요."

한쪽에 잔뜩 쌓여 있는 그림들.

누가 봐도 명화로 보이는 작품들이었다.

족히 몇백 개는 되어 보이는 작품들.

"어마어마하군요."

그림뿐만이 아니었다.

다른 방을 열었더니 거기에는 금으로 된 물건들이, 다른 방에는 은으로 된 물건들이 있었고, 나머지 방들에도 이것저것 보물이 가득했다.

"이거, 미국의 개국 역사가 통째로 들어 있는 것 같군요."

로버트는 그림들을 보면서 말했다.

"말 그대로 노다지로군요."

노형진은 산더미처럼 쌓여 있는 보물들을 보면서 자신도 모르게 흐뭇한 미소를 지었다.

심지어 분류도 쉽다.

"이게 제리 폴락의 권총이라고?"

로버트는 이리저리 뒤지면서 보물을 찾다가 눈에 불을 켰다.

몇몇은 그도 아는 것이었기 때문이다.

"제리 폴락이 누군데요?"

"서부 시대 희대의 악당입니다. 사실상 서부 시대에 가장 악명 높은 악당이었죠."

눈을 반짝이는 로버트.

"공식적인 결투만 여든 번. 그런데 그는 침대에서 늙어 죽었습니다. 무슨 뜻인지 아시죠?"

단 한 번도 죽지 않고 여든 번의 결투를 해냈다.

"더 대단한 건, 그는 갱단을 만들지 않고 혼자서 다녔다는 겁니다."

"어마어마하군요."

그 말은 원한을 가진 집단이 한꺼번에 그를 노렸을 거라는 거다.

그런데 그는 살아남았다.

"마추아이의 도끼."

존 쿠디 역시 정신이 나간 듯 오래된 도끼에서 눈을 떼지 못했다.

"그것도 사연이 있나요?"

"저희 부족이 백인과 싸울 때 마지막까지 저항하던 추장의 도끼입니다. 사라진 줄 알았는데…… 그가 찍은 사진이 있는데, 거기서 분명 이걸 들고 있었습니다."

사진에서만 본 물건이었다.

그 추장이 죽고 나서 결국 그들의 부족은 패배를 인정하고 인디언 보호구역으로 쫓겨날 수밖에 없었다.

"그렇다면야."

노형진은 어깨를 으쓱하더니 그걸 집어서 그의 손에 쥐여 줬다.

"이걸 왜 저에게?"

"당신 부족의 것이니까요. 그러니 당신들이 가지고 가야 합니다."

"미스터 노……."

존 쿠디의 목소리가 격하게 떨리기 시작했다.

눈에서는 눈물까지 쏟아졌다.

"그것뿐만이 아닙니다. 이 안에 그것 말고도 인디언의 보물이 더 있을 겁니다. 저희가 소유하는 걸로 계약하기는 했지만 그건 어디까지나 주인 없는 물건일 때입니다. 이런 것들은 합당한 주인을 찾아가는 게 맞다고 생각되네요."

"당신은 영웅입니다. 진짜 영웅입니다."

울먹이며 노형진을 부둥켜안는 존 쿠디.

물론 노형진이 마냥 착해서 준 게 아니었다.

'잘못하면 개싸움이 되거든.'

존 쿠디의 부족과 계약해서 모든 권한을 인정받았다고 하지만, 그건 어디까지나 존 쿠디의 부족만이다.

다른 부족들의 보물도 여기에 있을 텐데, 그러면 그들이 원주인으로서 권리를 주장할 수도 있다.

'미국에서는 비슷한 사례에서 원주인의 권한을 인정한 일이 있단 말이지.'

그렇게 된다면 노형진은 인디언 부족들에게 보물을 내줘야 한다.

그리고 그 과정에서 언성이 높아질 테고, 재수 없으면 소송도 불사해야 한다.

'그러다가 병원 개설이 틀어지면 손해 보는 건 나란 말이야.'

어차피 줘야 하는 걸 툴툴거리면서 줘 봐야 손해 보는 건 자신이다.

이런 경우에는 차라리 저들이 아무것도 모를 때 과감하게 주고 마음을 얻는 게 훨씬 남는 장사다.

'그리고 이 안에는 어떤 부족의 것인지 모르는 게 더 많을 테니.'

사실 그 당시는 인디언 물건이 큰 가치를 가진 시기가 아니었기 때문에 인디언 물품은 얼마 되지 않았다.

이 마추아이의 도끼 같은 경우야 사진이 있다지만 다 그런 건 아닐 테니까.

그러니 손해 자체는 별로 없을 것이다.

"존 씨, 그만 우시고 각 부족에 연락해서 부족장들과 역사

전문가를 부르세요."

"네! 바로 연락하지요."

"아, 이거 가지고 가서 연락하세요."

노형진은 위성 전화를 건넸다.

"여기서 전화가 터지는 곳까지 가려면 최소한 여덟 시간입니다. 아시죠?"

"무슨 뜻인지 알겠습니다. 감사합니다. 정말 당신은 우리 인디언들의 은인입니다."

다급하게 전화기를 들고 나가는 존 쿠디.

노형진은 그가 나간 방향을 바라보다가 다시 안쪽으로 시선을 돌렸다.

그 짧은 사이에 휴대용 등을 설치해서 사방에서 빛나는 보물들.

"진짜 산더미네."

어마어마한 양의 금은보화 그리고 예술품들.

"이거 땡잡았네, 후후후."

⚖

미국은 발칵 뒤집어졌다.

레튼탐정사무소의 보물이 발견되었다는 소문은 빠르게 퍼졌고, 역사학자들은 미친 듯이 달려왔다.

하지만…….

"못 들어가십니다."

"왜요?"

"이곳은 사유지입니다."

"아니, 그게 무슨 말입니까!"

"정식으로 거래가 끝난 겁니다."

노형진은 존 쿠디에게 이곳을 자신에게 팔라고 부탁했다.

물론 영원히는 아니고, 5년 내 같은 가격에 재판매하겠다고 했다.

그래야 이 보물을 꺼내는 데 방해를 받지 않기 때문이다.

보물을 넘겨준 덕분인지 승인은 쉽게 났고, 그 주변은 인디언 경호 팀이 경호하고 있었다.

"들어가게 해 주세요!"

"안 됩니다."

역사학자들은 입술이 바짝바짝 말랐다.

그리고 그걸 보면서 노형진은 키득거렸다.

'미국 애들이 이런 것에 환장하지.'

미국은 세계적인 기준에서 보면 역사가 짧은 나라다.

다른 나라는 이름이 바뀌었을지언정 오래전부터 사람이 살아서 역사가 길지만, 미국은 아니니까.

물론 아메리카 대륙에 인디언이 살긴 했지만 미국은 그들의 역사를 자기들 것으로 인정하지 않는다.

이것이 법이다

그걸 인정한다는 건 미국이 그들을 학살하고 나라를 빼앗았다는 걸 인정하는 꼴이니까.

공식적으로 미국 역사가 시작된 시기에 대한 미국의 입장은 신대륙 발견 후다.

'그래서 그런지 미국은 역사적 유물에 환장하지.'

어떤 사회심리학자는 미국에서 히어로물이 융성한 이유가 역사가 짧아 영웅이 별로 없어서라고 한 적도 있을 정도다.

없는 건 아니지만 다른 나라들처럼 신격화시키기에는 그가 인간이었다는 증거가 너무나 많으니까.

"안 됩니다. 못 들어갑니다."

절대 못 들어가게 막고 있는 인디언들을 보면서 학자들은 속이 터졌다.

눈앞에 필생의 연구 자료들이 넘쳐 나는데 들어가질 못하니 미칠 것 같았다.

"공개는 나중에 하겠습니다. 연구 역시 그때 같이 진행될 테니까 돌아가세요."

경호 팀은 그들을 강제로 돌려보냈고, 노형진은 그걸 지켜보다가 다시 몸을 돌려서 지하로 내려갔다.

거기에서는 고용된 직원들이 보물 하나하나를 소중하게 포장하고 있었다.

"이대로라면 조만간 옮길 수 있겠군요."

노형진은 그렇게 말하며 로버트를 바라보았다.

"준비는 어떤가요?"

"차량 준비는 다 해 놨습니다."

"그러면 가격을 좀 올려야겠네요."

"네?"

갑자기 뜬금없는 말에 로버트는 어리둥절했다.

"그게 무슨 말씀이십니까? 가격을 올리다니요?"

"보물의 가치는 어떻게 판단된다고 생각하십니까?"

"어…… 글쎄요?"

어리둥절한 표정이 되는 로버트.

사실 그는 금융 전문가지, 보물이나 예술품 전문가는 아니니까.

"가령 이런 그림들을 보죠. 이게 레오나르도 다빈치의 〈모나리자〉와의 차이점이 뭘까요?"

노형진이 가리킨 그림은 상당히 오래되어 보였다.

현대풍도 아니고 작자도 미상이지만, 누가 봐도 과거 유럽 왕정 시대의 그림 같았다.

그 안에 있는 귀부인의 복식은 유명했으니까.

"잘 모르겠는데요."

"이야기죠."

"이야기요?"

"네, 이야기입니다. 이야기가 있으면 그 가치는 올라가지요."

작자 미상과 그 작자를 아는 것은 열 배의 가격 차이가 난다.

그리고 그 작자가 그 그림을 그렸다는 것을 알 수 있는 다른 증거가 있는 경우, 가령 그 그림에 대해 언급한 편지나 거래 계약서 등이 있을 경우 다시 열 배나 차이가 난다.

이렇듯 작가뿐만 아니라 그에 관련된 이야기가 화려할수록 그 예술품과 보물의 가치는 높아진다.

'유명해져라, 그러면 네가 똥을 싸도 사람들은 박수를 보낼 것이다.'라는 말은 절대 농담이 아니다.

"이미 이 그림들은 미국의 보물로 이름을 알렸지요. 여기서 더 유명해진다면 어떤 일이 벌어질까요?"

"더 비싸지겠군요. 하지만 어떻게 유명하게 만드시겠다는 겁니까?"

"간단합니다. 갱단을 이용하는 거죠."

"갱단요? 갱단이 여기를 습격하지는 않을 것 같습니다만?"

이미 DIA가 갱단을 이용하려고 했다.

하지만 노형진의 함정에 빠져서 실패했다.

"여기라면 그렇지요. 하지만 이걸 이송한다면? 그리고 거기에 무장 병력이 거의 없다면?"

로버트가 눈을 찡그렸다.

"털려고 덤비겠군요."

보물이 있을지도 모른다는 말과 보물이 있다는 말은 전혀 다르다.

보물이 '있을지도 모른다'면 갱단이 털려고 덤비기는 힘들다.

하지만 보물이 '있다'면 분명 욕심을 내는 자들이 있다.

"경호 병력을 줄이면 더더욱 그러겠지요."

"어떻게 경호 병력을 줄입니까?"

"파업이죠."

"네?"

노형진은 검지를 하나 세워서 흔들며 말했다.

"한국 위인 중 한 명인 무학 대사가 이런 말을 한 적이 있습니다, 부처 눈에는 부처가 보이고 돼지 눈에는 돼지가 보인다는."

"그래서요?"

"갱단 눈에는 세상이 다 미친놈으로 보일 겁니다. 그러니 그들을 자극하면 되죠."

"하지만 우리가 따라간다고 하면 문제가 될 텐데요? 그냥 트럭만 보낼 수는 없고."

"이럴 때 쓸 만한 조직이 있지 않습니까?"

노형진은 머릿속에서 빅 픽처를 그리기 시작했다.

⚖️

DIA는 당황했다.

솔직히 로버트가 자신들을 찾아올 줄은 몰랐기 때문이다.

"이쯤에서 휴전하죠."

"휴전이라니요? 무슨 말씀이신지요?"

로버트의 말에, DIA를 대표해서 나온 스미스는 일단 모른 척했다.

기본적으로 정보 조직의 기본은 부정이니까.

"저희와 미다스에 대한 공격을 실행한 걸 알고 있습니다. 그리고 실패했다는 것도요."

"저희는 잘 모릅니다."

로버트가 무슨 말을 해도 스미스가 할 수 있는 대답은 똑같았다.

"그래요? 그러면 저희가 하는 걸 그냥 진행하면 됩니까?"

"뭘 진행하시는지 저희는 모릅니다."

"모르실 리가요."

로버트는 뻔한 거짓말을 하지 말라며 씩 웃었다.

'모를 리 없지.'

노형진을 공격했던 사람들에 대해 반격이 시작되고 있었다.

그들이 투자한 돈은 결국 남의 돈이고 그게 손실로 확정되었다.

그냥 투자라면 모를까, 그들은 계약을 어기고 남을 공격하는 데 그 돈을 썼다.

"그리고 그들의 뒤에 DIA가 있다는 것 정도는 다 알고 있습니다."

"저희는 모르는 사실입니다."

"네, 모르실 겁니다. 하지만 의원님들과 국민들도 그렇게 생각하실지 모르겠네요."

"그래서 뭘 원하는 건지 전 잘 모르겠네요."

무조건 부정하는 요원.

하지만 로버트는 그다지 실망하지 않았다.

'그런다고 해서 없는 게 되는 게 아니지.'

아니, 애초에 부정할 거라는 것쯤은 다 알고 있었다.

이 자리는 협상이 아니라 통지를 하는 자리다.

즉, 여기서 저들이 부정해 봐야 어찌 되었건 이쪽에서 하는 말을 저쪽은 전달해 줄 수밖에 없다는 소리다.

"간단합니다. 이쯤에서 화해하자는 겁니다. DIA에서 그쪽 파벌이 손실을 본 건 압니다만, 그렇다고 개싸움을 끝까지 갈 필요는 없지 않습니까? 아니면 CIA 국장이 대통령과 독대하기를 바라시나요?"

"으으음……."

스미스는 자신도 모르게 침음성을 흘렸다.

그럴 수밖에 없는 게, CIA는 미다스와 친밀하다는 걸 알고 있기 때문이다.

"과연 이 일이 터져서 탄핵을 당하게 된다면 대통령이 무슨 말을 할지 궁금하네요."

"탄핵이라니요?"

"인디언에 대한 감시와 살해 시도 그리고 인종 학살 계획,

거기에다 국내 투자자들의 자산을 정치적 보복을 위해 마음대로 쓴 정도면 탄핵은 어렵지 않다고 생각하는데요?"

미국은 도청을 했다고 대통령이 탄핵된 경험이 있다.

지금 벌어진 사건들은 그 당시 일들보다 더 큰일이면 큰일이었지 덜한 일은 아니었다.

"물론 그쪽 파벌도 끝장나겠지요."

"……."

항모 비리 이후로 구석에 몰린 그들이다.

그나마 워낙 심어 둔 라인과 가지고 있는 비밀이 많아서 어찌어찌 넘어갔다지만 대통령이 탄핵될 정도면 자신들을 살려 둘 리 없다.

"뭘 원하시는 겁니까?"

스미스는 눈을 찌푸렸다.

현 상황에서 마냥 부정만 하는 것은 아무런 효과도 없다는 걸 직감적으로 알아차린 것이다.

"간단합니다. 당신들에게는 핑계를 주면서, 우리는 수익을 얻고 당신들과 화해하는, 누이 좋고 매부 좋은 계획이지요."

로버트는 스미스를 느긋한 눈빛으로 바라보았다.

평소라면 꿈도 못 꾸겠지만.

'유리한 건 이쪽이지.'

자신들이 가지고 있는 비밀을 풀기 시작하면 불리한 것은 DIA다.

'깨끗할 필요는 없다 이건가?'

상대방 조직이 깨끗할 필요는 없다.

아니, 정보 조직이 깨끗하다는 것은 불가능하다.

'그러니 이쪽과 우호 관계를 만드는 게 훨씬 낫다 이거지.'

노형진의 요청이 그거였다.

만일 이들이 박멸되면 그들을 대신해서 권력을 잡은 자들과 다시 라인을 만드는 데 몇 년이 걸릴지 모른다.

'그럴 거면 떡고물을 좀 던져 주고 이쪽과의 관계를 개선해서 우리가 유리하게 움직인다……'

물론 부패로 인해 미국의 정부가 혼란스러울 수도 있지만 그건 자신들의 문제가 아니다.

'돈에는 애국심이 없다.'

로버트가 가장 잘 알고 있는 말이다.

애초에 전문 투자자인 애널리스트에게 애국심을 요구한다는 것 자체가 멍청한 짓이다.

애국심을 가지고 자국 내 기업에 투자해 봐야 돌아오는 건 손실뿐이고 애널리스트의 미래는 실업자가 될 뿐이니까.

그렇게 했다고 해서 미국 정부에서 애널리스트의 노후를 확보해 주는 것도 아니고 말이다.

"저희는 도무지 무슨 말씀이신지 모르겠습니다만."

"뭐, 모른 척하셔도 됩니다. 애초에 우리가 만난 적이나 있던가요?"

로버트는 어깨를 으쓱했다.

그리고 품에서 뭔가를 꺼내서 스미스에게 내밀었다.

"발견된 물건들이 옮겨지는 시기입니다. 애석하게도 인디언 경호 회사가 파업을 하고 있습니다. 아시겠지만……."

"아, 그래요? 몰랐네요."

'모르기는 개뿔.'

하지만 여기에 싸우러 온 게 아니기 때문에 로버트는 더 이상 태클을 걸지 않았다.

"인디언 보호구역 바깥에서는 민간 군사 기업이 경호를 해 주기로 했습니다만, 애석하게도 인디언 보호구역 진입을 인디언 측에서 거부해서요."

로버트는 그걸 건네며 말했다.

"벌써 소문이 파다하게 나서 꼬리가 붙을까 봐 걱정이네요."

그렇게 말하고 로버트는 자리에서 일어났다.

"뭐, 도움을 주신다면 감사하게 받겠습니다."

로버트는 더 이상 이야기하지 않았다.

저들도 바보가 아닌 이상에야 상황이 어떤 건지 모르지는 않을 것이다.

"그러면 전 이만."

로버트가 나가고 나자 스미스는 그 명함을 물끄러미 바라보았다.

"후우……."

그리고 그걸 챙겨서 품 안으로 밀어 넣었다.

⚖️

"그 말이 사실일까?"

"사실이란다."

역사적 보물의 발견.

그 정보는 무서운 속도로 퍼졌다.

그리고 그 돈을 보고 인디언 측이 무리한 요구를 하며 파업에 들어가서 경호 업체들이 움직이지 않는다는 소문이 돌았다.

"그런데 너무 위험한 건 아닌지 모르겠다."

1차분으로 옮기는 보물만 그 감정가가 무려 1조 단위란다.

트럭 다섯 대에, 호위 병력은 일반 SUV에 무장한 인원 열 명이 전부라는 정보였다.

"이거 털면 인생이 바뀌는 거야."

그 소문을 들은 갱단은 눈이 뒤집어졌다.

물론 한번 뒤통수 맞은 적이 있기 때문에 조심스러웠지만, 정보는 확실했다.

내부 근무자에게서 산 정보였기 때문이다.

"그래서 확실한 거야?"

"확실한 겁니다. 인디언 쪽에서 계약 파기를 준비하고 있답니다. 실제로 인디언 쪽에서 변호사들과 이야기 중이고요."

원래대로라면 인디언들에게 일정 부분 지급되어야 하지만 노형진과의 계약에 따라 노형진이 다 먹게 되었다.

그러자 그제야 인디언들이 욕심이 난 것이다.

"우리야 기회지, 으흐흐흐."

물론 민간 군사 기업이 들어와서 경호하면 턱도 없지만, 민간 군사 기업들의 진입을 막은 인디언 자치 정부 때문에 그마저도 불가능한 상황이다.

강제로 밀고 들어갈 수도 있긴 하겠지만 문제는 과거와 다르게 인디언 쪽도 제대로 무장된 민간 군사 기업이 있다는 것.

그들이 파업에 동참한 이상 다른 자들이 들어와서 경호하는 걸 알면 충돌할 수도 있다.

그 때문에 민간 군사 기업도 보호구역 외곽에서 기다리는 상황.

"설마 우리가 기다리는 줄은 생각도 못 하겠지."

완전무장을 한 이백 명의 갱단.

이들은 그 운송 행렬을 습격하기 위해 권총도 아닌 소총, 그것도 자동소총으로 무장하고 이곳에 모였다.

"이거 불안한데."

걱정스럽게 말하는 조직원.

그런 그를 보면서 다른 조직원이 피식 웃었다.

"이런 거 거짓말해서 뭘 어쩌겠어? 그 애들이 무슨 이득이 있다고."

"하긴, 그건 그래."

이런 정보를 흘려 봐야 보물을 발견한 사람들에게는 이득
이 없다.

보물을 노리는 사람들이 나타나 총격전이 벌어져 위험하
기만 하니.

"정부에서 지원을 한다거나 그런 건 없고?"

"여기 인디언 자치구야."

정부가 마음대로 군을 파견할 수는 없는 지역이다.

안 그래도 멍청한 DIA가 불법적으로 인디언을 감찰하다
가 걸려서 아무런 말도 못 하고 있는 중이니까.

"거기에다 거기에 우리 정보원이 있잖아."

"하긴."

이미 정보원을 심어 놨다.

보물 발굴이 극도로 조심스러운 일이기는 하지만 그렇다
고 해서 다 전문가만 있는 건 아니다.

단순히 짐을 나르거나 식사를 준비하거나 잡일을 하는 사
람들도 많다.

그리고 세상 모든 곳이 그렇듯, 인디언 중에도 돈 때문에
배신하는 사람이 있다.

"아까 이야기 못 들었어? 출발할 때 확인 끝났다잖아."

출발하는 트럭에 두 대의 무장 SUV가 붙었을 뿐 다른 건

없다고 했다.

"그리고 여기에 있는 인원만 이백 명이야. 누가 덤비겠어?"

더군다나 이쪽은 완벽하게 준비가 끝난 상태다.

이쪽은 엄폐물 뒤에 숨어 있는 반면, 저쪽은 방탄도 아닌 차량에 이쪽의 10분의 1도 안 되는 병력이다.

"우리가 이긴다고."

최소 1조, 최대 2조에 달하는 보물들이라는 말에 그들은 이성이 마비되어 있었다.

"저기 온다!"

누군가의 고함 소리.

고개를 돌려 보니 저 멀리에서 흙먼지가 풀풀 날리는 것이 보였다.

"모두 준비해!"

그들은 서둘러서 피우던 담배를 끄고 주변의 바위 뒤로 몸을 숙였다.

"조금만 더…… 조금만 더…….”

맹렬하게 달려오던 차들이 막 갱단 앞에 도착했을 때, 갑자기 도로에서 폭발이 일어났다.

"지금이다!"

길을 막기 위해 미리 심어 둔 폭탄이 터지자 겁먹은 차량 운전자들이 급브레이크를 밟았고, 그와 동시에 수백 명의 남자들이 총을 들고 뛰어나갔다.

"손들어! 모두 손들어!"

"총 버리고 나와!"

총질을 했다가 상품이 상하면 곤란하기에 총을 쏘지는 않 았지만 무려 이백 명이나 되는 병력을 본 사람들은 결국 아무 런 저항도 하지 못하고 그대로 차에서 내릴 수밖에 없었다.

"어서 확인해 봐!"

"혹시 이거 열면 막 특공대가 튀어나오고 그러는 거 아냐?"

누군가 불안하게 말했다.

하지만 다행히도 그런 일은 없었다.

"어마어마하군."

진짜 어마어마한 양의 보물들.

그 보물들이 차량을 가득 채우고 있었다.

"이것만 있으면 우리는 부자야. 부자라고!"

"으하하!"

누군가 다급하게 들어가서 커다란 금괴를 집어 들었다.

물론 챙기지는 못하겠지만 자신들의 계획이 성공했다는 걸 느끼고 싶었던 모양이다.

"어?"

그런데 그걸 들던 갱은 어리둥절했다.

"뭐야? 왜 이렇게 가벼워?"

아무리 현대의 금괴보다 불순물이 많은 물건이라고 해도 이렇게 가벼울 수는 없다.

이것이 법이다

최소한 금속이라면 기본적인 무게는 있어야 하니까.

"이거 너무 가벼운데?"

그걸 흔들던 갱은 아차 싶었다.

"이거 플라스틱이야."

"뭐라고?"

"이런 씨발! 이것도 가짜! 저것도 가짜야!"

모조리 가짜였다.

심지어 그림도 진짜 그림이 아니라 사진이었다.

보석류도 길거리에서 파는 가짜 보석들이었다.

역사적 유물은커녕 줘도 안 쓰는 쓰레기들.

"이런 씨발!"

속았다는 사실에 아차 싶었던 그들은 차에서 내려서 운전사들에게 가려고 했다.

"아악!"

그러니 상황은 좋지 않았다.

단순히 항복한 줄 알았던 운전사들과 경호 인력이 그들을 지키고 있던 소수를 제압하고 무기를 빼앗아 갱들을 방패 삼아 후퇴하기 시작했던 것이다.

"저 새끼들 죽여!"

보스는 화가 머리끝까지 나서 소리를 질렀다.

그러나 그럴 수는 없었다.

"우리가 쏘면 우리 애들도 맞습니다."

"씨발."

그들은 정확하게 원을 그리며 바깥쪽에 자신들이 잡은 갱단을 붙잡고 있었다.

총격전이 벌어지면 가장 먼저 죽는 건 갱들이었다.

"보스! 살려 주세요!"

축축하게 젖어 가는 바지를 느끼며 조직원은 다급하게 말했다.

"크윽."

갱단의 보스는 죽이고 싶었지만 그럴 수가 없었다.

그러면 나중에 반역의 거리가 되기 때문이다.

더군다나 그 혼자 이번 일을 한 것도 아니다.

다른 갱단과 함께 했다.

당연하게도 인질 중에는 그들도 있다.

그러니 자신들이 섣불리 쐈다가는 그들이 자신들을 적대시할 것이다.

"씨발, 너희들이 그러고도 인간이냐! 인질극이라니!"

"지랄하네!"

보스의 말에 운전사로 위장하고 있던 남자가 소리를 질렀다.

"좋은 말로 할 때 항복해! 어차피 너희는 어디 못 가!"

"못 가긴! 애초에 우리를 살려 둘 생각이나 있었냐?"

갱들 중에서 얼굴을 가리고 있는 사람은 아무도 없었다.

즉, 여기에서 얼굴을 본 사람을 살려 둘 생각이 전혀 없었다는 뜻이다.

"그리고 말이야, 불리한 건 너희들이야! 항복? 항복은 너희가 해야 할걸!"

"우리가 너희의 몇 배야!"

"숫자는 그렇지! 하지만 너희, 헬기 있어?"

"뭐?"

그제야 보스는 하늘에서 다가오는 요란한 굉음을 들을 수 있었다.

"헤…… 헬기다!"

그것도 일반 헬기도 아닌 무려 아파치였다.

이십여 대쯤 되는 헬기들이 이쪽을 포위하고, 그 뒤에서는 완전무장 한 군인들이 수송 헬기에서 레펠로 내려오고 있었다.

"당했다."

보스는 아차 싶었다.

설마 헬기로 트럭을 따라올 줄은 몰랐던 것이다.

그러나 그들은 그렇게 했고, 갱단들은 도망갈 방법이 없었다.

아무리 빠르다고 한들 사막에서 헬기보다 빠를 수는 없으니까.

애초에 이미 주변은 완전무장 한 미군이 포위하고 있었다.

즉, 뭘 선택하더라도 도망갈 길은 없다는 것이다.

"어떻게, 항복하겠어? 아니면 끝까지 싸울래?"

보스의 얼굴은 사정없이 일그러졌다.

답은 이미 나와 있었다.

–DIA에서는 갱단의 집단 습격 계획을 알아내고 인디안 보호구역
에서 정보를 탐색 중……

한 번에 무장한 이백 명의 갱단을 아무런 피해도 없이 소
탕한 획기적인 결과.

아무리 갱단이 막나간다고 해도 완전무장을 갖춘 공수부
대와 헬기를 대상으로 싸움을 걸 만큼 막나갈 수는 없었다.

"그래서 얼마요?"

"총금액이 22조 1,300억입니다."

로버트는 보물의 양을 보고 후덜덜한 표정을 지었다.

"더군다나 이건 그냥 역사적 사실을 감안하지 않고 측정한
가격입니다. 경매로 들어가고 연구가 시작되면서 역사적 사
료가 발견된다면 그 가치는 더 높아질 겁니다."

노형진은 흡족한 표정이 되었다.

조금 귀찮기는 했지만 그 덕분에 어마어마한 돈을 벌었다.

"미 정부에서는 어떻게 이야기합니까?"

"우리들에게 자신들을 우선 협상 대상자로 선택해 달라는
부탁을 해 왔습니다. 사실 미국 개국 이래 최대의 발견이니

까요."

"그럴 겁니다. 수십 년간 쌓인 거니까요."

그것도 아무 데나 턴 게 아니라 큰 도둑들을 모조리 털어서 그들이 털었던 걸 가지고 왔으니 그 양은 어마어마할 것이다.

"아마 미국 역사 교과서가 상당 부분 바뀔 겁니다."

"기대가 되네요, 후후후."

노형진의 계획대로 DIA는 더 이상 노형진에게 손쓰지 않았다.

아니, 못 했다.

어찌 되었건 노형진이 자기들을 끼워 준 덕분에 합당한 변명을 할 수가 있었고, 그래서 정치적인 위험에서 벗어날 수 있었으니까.

"마냥 싸우는 게 좋은 건 아니니까요."

특히나 정보 부서와의 싸움은 그다지 좋지 않다.

사이 안 좋게 지내는 것과 사이가 나쁜 건 다르다.

아무리 노형진이라고 해도 날아오는 총알을 막을 수는 없으니까.

"이제 한배에 올라탔으니 그들은 우리를 건드리지 않을 겁니다."

"예상대로 되셨네요."

보물이 발견되면서 미 정부와 협상할 수 있게 되었고 DIA

와의 관계도 충분히 개선되었다.

이번 일에서는 손해 보는 게 없다.

"다만 인디언들에게 돌아갈 돈이 1조 정도 될 것 같습니다만."

"상관없습니다. 그들의 보물은 그들이 가지고 가라고 하세요."

노형진은 어깨를 으쓱하며 말했다.

애초에 이번 싸움에서 노린 건 돈이 아니었으니까.

"중요한 건 우리가 DIA와 손잡았다는 거죠."

"네, 거기서 나오는 정보는 어마어마하죠."

CIA와 다르게 그들은 국내의 기밀을 다룬다.

그리고 FBI처럼 범죄를 전문적으로 하는 자들이 아니다.

"정보를 쥔 자들과 친하게 지내는 게 손해는 아닙니다."

노형진은 느긋하게 말했다.

"그러니 그쪽을 통해 증거를 모아 보세요. 아마 세상이 많이 바뀔 겁니다."

"그럴 거라 생각합니다."

로버트의 말에 노형진은 살짝 기지개를 켜며 말했다.

"이제 남은 건 미국의 의료 시스템을 집어삼키는 것뿐이군요, 후후후."

정치는 삶이다

—덴노 헤이카 반자이!

인터넷 뉴스를 보면서 노형진은 눈을 찌푸렸다.

공중파에는 절대 나오지 않는 뉴스.

친일 정권이 권력을 잡으면서 일반인들에게 알려지지 않는 뉴스.

그게 노형진이 키운 인터넷 뉴스를 통해 나오고 있었다.

"저놈들, 왜 저래요?"

고연미는 그걸 보면서 혀를 끌끌 찼다.

인터넷 뉴스에서 나오는 장면은 불법적으로 찍은 것도 아니고 일본의 뉴스에 나온 걸 번역해서 틀어 주는 것뿐이다.

그러나 그게 지극히 비정상적이었다.

"덴노 헤이카 반자이? 저치들은 아직 2차대전이 안 끝났나?"

같이 있던 무태식도 코웃음을 쳤다.

덴노 헤이카 반자이.

직역하자면 '천황 폐하 만세'라는, 2차대전에서 반자이 돌격을 할 때 많이 외치던 말이다.

미국이나 유럽으로 보면 '하일 히틀러!'를 외치는 꼴이 아닌가?

"정작 그들이 그렇게 추앙하는 덴노가 진짜 불편해하는 거 안 보이나?"

공식 석상에서 '덴노 헤이카 반자이'를 외쳐 대는 일본 정치인들.

그런데 정작 그 대상인 덴노, 즉 일왕은 최대한 감정 표현을 안 하려고 하고는 있지만 이미 얼굴에 '나 겁나 기분 나쁘다.'라는 티가 팍팍 나고 있었다.

"저게 웃긴 일인데 만만하게 볼 일은 또 아닙니다."

노형진은 그걸 보며 머리를 긁적거렸다.

그러는 사이 일왕은 기념사를 하는 둥 마는 둥 하고는 나가 버렸다.

"어째서요?"

고연미는 그걸 비웃으며 바라보다가 물었다.

그녀의 눈에는 아직도 2차대전의 망령에서 벗어나지 못한 놈들처럼 보였으니까.

"저 구호는 한국에서는 비꼬는 용도로 사용되었지만 일본에서는 공식 석상에서 사용된 게 2차대전 이후에 처음이거든요."

"공식 석상에서요?"

"네, 물론 통제할 수 없는 개개인 행사는 모르지만 저건 국회의원들과 각료들이 일왕을 모시는 자리입니다. 그가 참석한 자리에서 저 말이 나온 건 2차대전 이후 처음입니다."

"그게 뭐가 심각한 문제입니까? 그냥 병신 짓이지."

무태식은 단순하게 생각했다.

어차피 그 구호의 대상인 일왕은 들어 줄 생각이 없어 보였으니까.

"당장 일왕도 저거 받아들여 줄 생각을 안 하는데요?"

"그래서 더 중요한 거죠."

"어째서요?"

고연미가 고개를 갸웃하자 노형진이 피식 웃었다.

"저치들이 일왕이 저런 거 싫어하는 거 몰랐을까요?"

일왕은 2차대전 이후에 전쟁과 군국주의에 대해 상당히 부정적으로 보는 사람이다.

그럴 수밖에 없는 게, 그 일로 인해 일본이 거덜 날 뻔했으니까.

"전 일왕이 죽고 나서 그는 일본의 정신적 지주로 활동하면서 전쟁의 폐해를 누구보다 잘 알았죠. 현 일왕은 성향을 보면 반전론자에 가깝습니다."

"그런데요?"

무태식은 고개를 갸웃했다.

그거랑 저거랑 무슨 관계가 있단 말인가?

"간단합니다. 일왕은 반전론자죠. 당연히 저 뎬노 헤이카 반자이라는 구호가 단순히 자신에 대한 칭송이 아닌 군국주의에 대한 칭송이라는 걸 압니다."

"그거야 누구나 다 아는 거잖습니까?"

"그래서 문제인 겁니다. 그걸 뻔하게 아는 정치인들이 다른 사람도 아니고 일왕 앞에서 대놓고 그의 의사나 동의 없이 기습적으로 뭉쳐서 '뎬노 헤이카 반자이'를 외쳤습니다. 몇 명이 기습적으로 한 게 아니라 단체로요. 그 말은 미리 준비했다는 거죠. 저런 행사를 하기 전에 예행연습을 하지 않습니까? 즉, 식순 같은 게 다 짜여 있다는 거죠. 정작 일왕의 표정을 보면 그에게는 알려 주지 않은 것 같지만요."

"그게 무슨 문제가 있다는 건가요?"

고연미는 아직도 이해가 안 가는 표현이다.

하긴, 아무리 한국 사람들이 착하다고 해도 저 말을 들으면 비웃음부터 나올 것이다.

그러니 저 안에 있는 의미를 알지는 못할 것이다.

"쉽게 말해서 지금 저들은 일왕에게 '너를 허수아비로 삼아서 우리는 군국주의를 이루어 내겠다.'고 통지한 겁니다."

두 사람의 얼굴이 딱딱하게 굳었다.

그냥 비웃음만 날렸는데 들어 보니 이게 그렇게 단순한 문제가 아니었다.

"일왕을 제치고?"

"네."

일본은 일왕을 중심으로 한 입헌군주제 국가다.

국왕은 실질적인 정치적 권한은 가지지 못하지만 정신적 지주로서 그 존재가 유지된다.

"그 앞에서 나는 너의 의견과 상관없이 군국주의 노선을 가겠다고 선포한 거죠."

"미친."

"그리고 그 이면은 더한 겁니다."

아무리 입헌군주제 국가라고 해도 이런 걸 국왕의 동의 없이 한다는 것은 어마어마한 불경이다.

왕이 싫어하는 것을 알고 그랬다면 더더욱 말이다.

단순한 해프닝으로 보일 수도 있지만 그 내면에 있는 내용은 어마어마하다.

"왕을 허수아비로만 삼겠다라……."

"그리고 기존 일본의 행동을 봤을 때 일본은 조만간 헌법을 고치고 전쟁 가능 국가로 바뀔 겁니다."

노형진은 차분하게 말했다.

예견 같은 것이 아니다.

당장 그들의 행동을 보면 그런 시도를 계속하고 있다.

"그리고 일왕을 중심으로 반대파가 모이고 있는 현실이고요. 즉, 이건 외부에 사실상 주전파가 권력을 잡았다는 증명이기도 한 거죠."

겉으로 봐서는 왕에 대한 충성이지만 저들이 외친 것은 일왕에 대한 충성이 아닌 군국주의에 대한 열망이 담긴 구호다, 말은 같지만 의미는 전혀 다른.

"전쟁이라……. 진짜 전쟁을 할까요?"

"글쎄요."

노형진은 머리를 긁적거렸다. 그건 알 수 없다.

'일단 내가 죽을 때까지는 없었지.'

하지만 결국 전쟁 가능 국가를 만들어 내기는 했었다.

"전쟁은 하지 않더라도 저들로서는 선택 사항이 없을 겁니다."

"어째서요?"

"일본의 방사능 문제 때문에요. 얼마 전에 새로운 법이 통과된 걸 모르시나 보군요."

"새로운 법?"

"일본에서 현재 방사능의 측정 및 발표는 국가의 허락을 받지 않으면 위법입니다. 그 처벌도 절대 약하지 않지요. 5년 이하 징역이던가요?"

"네?"

"뭐라고요?"

두 사람은 깜짝 놀랐다.

하긴, 한국만 대상으로 활동하는 두 사람이니 일본에 대해서는 잘 모를 수밖에 없었을 것이다.

"현재 운영 중인 법입니다."

"어째서 그렇게까지 하는 거죠?"

"일본의 우민화정책은 사실 세계 최고라고 할 수 있죠."

일본은 방사능 사태 이후에 그걸 수습하지도 못하고 있다.

자기들은 문제가 없다고 주장하고 있지만 그건 말 그대로 그들의 주장일 뿐이다.

"그들의 땅은 미국의 방사능 기준으로 측정하면 전 국토의 4분의 1 이상이 생활 금지 구역입니다."

문제는 그 지역 안에 거대도시들이 밀집되어 있다는 것.

심지어 그들의 수도인 도쿄까지 포함되어 있다.

"현재 일본 도쿄에서 측정한 방사능값을 기준으로 보면 미국에서는 빼도 박도 못하게 암이나 백혈병 같은 질병 발생 산재 기준을 넘어섭니다."

"아니, 후쿠시마에서 그렇게 먼데요?"

"그래서 문제인 거죠."

전 국토의 4분의 1 이상이 그리고 전 국민의 3분의 1 이상이 사는 지역이 오염되었다.

"그리고 정치계에서 가장 유명한 격언이 있지요. 내부의 문제를 감추기 위해서는 외부의 적을 만들어라."

노형진의 말에 두 사람은 입을 꾸욱 다물었다.

외부의 적을 만들기 위해서는 주변 국가들과 관계를 틀어야 한다.

그렇다면 그 가장 효율적인 방법은?

"군대군요."

과거 일제강점기에 그들에게 당한 나라가 한두 곳이 아니다.

한국과 중국뿐만 아니라 러시아까지 당했고 동남아는 말할 필요도 없다.

"일본은 그 문제를 감추기 위해 주변국을 자극하는 겁니다."

선빵을 때릴 수가 없다.

하지만 우리의 정당한 권리를 다른 나라들이 방해해서 행사하지 못한다.

……라는 이미지를 만들어야 한다.

"그런 의미에서 군대는 예민한 문제거든요."

그 전력과 상관없이 일단 군대는 정상적인 국가라면 당연히 가지고 있는 조직이다.

"그 정도로 일본 방사능이 심각한가요?"

고연미가 걱정스럽게 물었다.

그런데 노형진은 의외로 어깨를 으쓱하며 말했다.

"모르죠."

"네? 아니, 지금 뭐 공식적으로는 4분의 1이 못 사는 땅이라고 하지 않으셨어요?"

"그건 제염 작업, 즉 방사능 제거 작업 전입니다. 일본 정부도 아예 바보는 아니에요. 핵 발전 사고가 아니라 진짜 핵 폭탄이 떨어졌던 나가사키와 히로시마에는 지금 사람이 살고 있습니다."

당연히 사고를 수습하고 제염 작업을 하고 있다.

'물론 그걸 민간에 넘겨서 삥삥을 해서 그렇지.'

나중에 알려질 일이지만 제염 하지도 않고 제염을 했다고 돈을 받아 가는 기업도 있었으니까.

"지금도 제염 작업을 하고 있으니 언젠가는 수치는 떨어지겠지요."

장기적으로 본다면 어쩌면 좀 나아질 수도 있을지도 모른다.

"그런데 왜 그렇게 시끄러운 겁니까? 해결 못하는 것도 아니라면서요?"

노형진은 피식 웃었다.

"간단하게 표현하죠. 기름값이 오를 때는 더럽게 빠르게 올리지요? 하지만 내릴 때는 어떤가요?"

"아아……."

오를 때는 국제 유가를 상쇄해야 한다고 바로바로 적용하는 게 기름값이다.

그런데 정작 내릴 때는 구입한 기름이 있다고 천천히 내린다.

"한번 극우로 정권 잡고 꿀 빨았습니다. 놓고 싶을까요?"

안 그래도 극우 성향이 강한 일본이다.

그런데 비상사태가 벌어지면 사람은 안으로 뭉치는 성향이 있다.

"그 덕분에 일본은 생각보다 이득을 많이 봤죠."

그런데 이제 와서 '좀 나아졌습니다.'라고 하면서 풀어 줄까?

"전혀 아니죠."

어떻게 해서든 극우의 결집을 이어 가려고 할 것이다.

'그게 극우의 결말이지. 아니, 모든 조직의 결말이라고 해야 하나?'

어떤 단체든 처음에는 좋은 목적으로 시작되었을지 몰라도 시간이 흐를수록 좀 더 강한 주장을 하는 자들이 권력을 잡다가 종국에는 극단론자들밖에 남지 않게 된다.

그 중간을 주장하거나 브레이크를 걸려고 하면 배신자 취급을 받기 때문이다.

또한 그 안에 속한 사람들에게 지속적인 자극이 가면 그들은 그 자극에 익숙해져서 더 강한 자극에만 반응하게 된다.

"그런 인간들에게 군대만큼 탐나는 자극이 있을까요?"

"으음……."

"사실 툭 까고 말해서 일본군이 침략 가능한 군대로 바뀐다고 해서 뭐가 바뀝니까?"

대놓고 말하면 바뀌는 건 없다.

일본에서 자위대라는 곳은 좀 안 좋게 말하면 루저들이나

가는 곳이라는 이미지가 강한, 인기 없는 곳으로, 최근 들어 일본 경기가 조금씩 살아나면서 사람을 못 구하고 있는 실정이다.

"그런 상황인데 바뀐다고 해서 바로 지원자가 몰릴까요?"

그럴 리 없다.

"정식 군대가 된다고 한들 결국 바꿀 수 있는 건 거기에 들어가는 자금 정도일 겁니다. 지금은 총예산의 1% 정도만 투자할 수 있으니까요."

분명 돈을 투자하면 더 많은 무기를 살 수 있다.

하지만 돈을 처바른다고 해서 군대가 강해지는 건 아니다.

"정식 군대로 바꾼다고 해도 무기를 운영할 인원이 부족할 겁니다. 최첨단 무기도 그런데 보병 같은 건 더하겠지요. 그렇다고 월급을 늘리면 신형 무기 배치는 꿈도 못 꿀 테고요. 인원이야 징병제로 바꿀 수 있겠지만 군대를 징병제로 바꾸면 아마 정권은 모가지가 날아갈 겁니다."

설사 징병제로 바꾼다고 해도 그렇게 모인 군인들을 무장시킬 무기도 부족하다.

일본이 무기는 비싸고 성능 구리기로 유명하니까.

"물론 미사일 사거리 같은 건 늘릴 수 있겠지요. 하지만 주변국에서 일본이 그렇게 하도록 그냥 두고 볼까요? 일본을 지원하는 미국 입장에서는 그건 그냥 벌집 건드리는 꼴밖에 안 됩니다. 아마 동아시아에서 군비경쟁이 벌어지겠지요."

당연히 한국도 한미 주둔군 지위 협정, 즉 SOFA를 개정해서 일본처럼 미사일 사거리를 무제한으로 늘리겠다고 우기기 시작할 텐데, 러시아와 중국이 그걸 마냥 두고 볼 리 없다.

　"미국에서 일본에 장거리 타격 무기나 미사일을 팔면 러시아와 중국이 반발할 겁니다. 그렇다고 안 팔면 일본은 유럽에서 무기를 공수하려고 하겠지요. 중국과 러시아에서는 자기들한테 날아올 게 뻔한 무기는 안 팔려고 할 테니까요."

　노형진은 어깨를 으쓱하면서 말했다.

　"결과적으로 일본은 미국의 그늘에서 벗어나게 됩니다. 과연 미국이 그걸 바랄까요?"

　사실 중국과 러시아를 견제한다는 목적만 생각한다면 벌써 오래전에 미국이 일본 자위대의 군대화를 추진했어야 한다.

　하지만 그래 봐야 손해가 훨씬 더 많기 때문에 미국이 아직까지 허락해 주지 않는 것이다.

　"그리고 어떻게 해서든 군대화해서 무장을 한다고 한들 뭘 어쩔 건데요? 주변에 만만한 국가 있습니까?"

　중국? 떼거리로 몰려가면 답이 없다.

　1억 명을 죽이면 2억 명을 투입할 수 있는 나라가 중국군이다.

　오죽하면 중국은 법적으로는 징병제 국가이지만 운영은 모병제로 한다.

　다 받으면 먹여 살릴 방법이 없어서다.

그리고 중국은 군 출신에 대한 대우가 좋아서 군에 입대하기 위해서 뇌물까지 바치는 나라이기도 하다.

러시아? 웃으면서 핵미사일을 날릴 놈들이다.

그나마 만만한 게 한국이다.

그러나 한국은 대부분의 남자들이 군사작전 경험이 있고, 예비군에 지급될 무기까지 있다.

전쟁한다고 해도 그나마 상륙이나 하면 다행이다.

국방부가 아니라 포방부라는 별명이 붙을 만큼 한국의 포병 전력은 어마어마하다.

물론 일본이 바다를 포기하면 곤란하기는 하겠지만, 그렇게 된다면 한국은 어쩔 수 없이 북한과 중국 그리고 러시아 쪽과 손잡게 된다.

그리고 그걸 그냥 두고 볼 미국이 아니다.

어찌 되었건 한국은 미국의 태평양 방어선의 주요 국가 중 하나이니까.

경제적으로도 군사적으로도 중요한 아군이다.

"그리고 일본이 한국을 침략했을 때 미국이 한국을 안 도와주면요? 그때는 한미 동맹이 끝장나는 거죠."

한국과 미국은 상호방위조약으로 묶여 있다.

그런데 전쟁이 났는데 미국이 한국을 도와주지 않으면 상호방위조약도 군사동맹도 당연히 깨지는 거니, 한국은 미사일 사거리고 나발이고 다 깨고 일본 전역을 불바다로 만들

거다.

"당장 한국의 미사일 사거리는 800킬로미터입니다. 지금 있는 미사일로도 일본의 남부 쪽은 초토화시키고도 남죠."

그리고 한국이 기술이 없어서 사거리를 못 늘리는 게 아니다.

한미 주둔군 지위 협정, 즉 SOFA가 깨지는 순간 사거리는 일본 전역을 다 커버할 수 있게 될 것이다.

"더군다나 과거에 당한 게 있는 한국 성향상 전쟁이 터지면 당장 러시아에서건 중국이에서건 미사일을 닥닥 긁어 와서 모조리 쏴 버릴걸요. 그쪽은 당연히 좋아하겠죠. 자기들 대신 일본 엿 먹여 주는데. 아마 비싸게 부르긴 해도 안 팔지는 않을 겁니다."

"그건 그렇지요."

무태식은 고개를 끄덕거렸다.

선빵 맞았는데 한국이 웃으면서 '우리 화해합시다.'라고 할 리가 없다.

"그리고 그때 미국이 일본 편을 들어 주면 당연히 한국은 중국이나 러시아에 붙어 버릴 겁니다."

결국 전쟁의 꽃은 지상군이다.

지상군을 투입할 수 없으면 그 지역을 점거할 수 없다.

그래서 미국이 한국에 지상군을 강화하라고 요구했던 거고.

"한국 지상군을 잃어버리면 미국은 아시아 태평양 방어선을 잃어버리는 거고요. 최악의 경우 중국과 러시아의 지원을 받으면서 한국군이 일본에 상륙해서 구석기시대로 돌려놓겠지요."

물론 항모야 보내겠지만 막장까지 간 중국과 러시아가 그걸 그냥 두고 볼 리 없으니 그때는 진짜 세계대전으로 가는 것 말고는 답이 없을 것이다.

결국 미국은 동아시아 쪽에는 얼씬도 못 하는 꼴이 되어버린다.

"그걸 해결하는 방법은 일본군이 한국으로 상륙해서 한국군을 제압하는 건데, 아시잖습니까? 바다에서는 일본이 이기지만 땅에서는 한국이 이긴다. 유명한 말이죠."

어찌 보면 호랑이와 상어의 싸움만큼이나 싸움 조건 자체가 안 맞는 게 현실이다.

"결국 일본은 한국과 전쟁 못 합니다. 사실 돈 좀 더 쓴다는 것 말고는 결국 지금하고 별 차이 없어요. 좀 더 무장할수는 있겠지만 결국 한국에 비하면 터무니없이 부족하죠."

"그러면 저러는 건……?"

"말 그대로 우리를 도발해서 우리가 자기들을 적대시하게 하고 그걸 핑계 삼아서 자국 내 세력을 결집하려는 고전적 방식입니다."

"끄응…… 일왕까지 건드릴 정도로 극우가 만연했다라……."

무태식은 이제는 뉴스가 끝나 영상이 정지된 화면을 바라보았다.

영상 속에 가득하던 일본 정치인들.

그들은 국민보다는 자신들의 이권을 중요시했다.

"우리나라랑 별반 다를 게 없네."

은근히 뼈가 있는 말에 노형진이 피식 웃었다.

"한 치의 틀림이 없는 말이네요."

진짜 틀린 말은 아니었다.

"다만 자기들끼리 지지고 볶는 건 상관없는데 우리만 안 건드리면 좋겠네요."

노형진은 그렇게 말하면서 시선을 다시 모니터로 돌렸다.

⚖️

일본에서 덴노를 외치든 무장을 외치든, 일본은 타국이고 노형진은 일본에 대해 철저하게 비즈니스적으로 접근했다.

그들이 극우 짓을 하든 말든 상관없으니까.

하지만 세상이라는 게 다 괜찮아도 내 밥그릇을 건드리면 안 괜찮아지는 법이다.

"조용히 이야기를 좀 하고 싶습니다."

새론을 방문한 신동하의 얼굴이 심각하게 굳어 있는 것을 본 노형진은 살짝 걱정이 되었다.

그럴 수밖에 없는 게 신동하의 주요 활동처는 일본이다.

그런데 그가 한국까지 왔다.

'어지간하면 전화로 다 될 텐데.'

즉, 전화로도 이야기할 수 없는 심각한 문제라는 소리였다.

"무슨 일이 있습니까?"

"네, 좀 걱정되는 상황이라서요. 조용히 이야기를 해야 할 것 같습니다. 주변의 눈이 있어서 한국으로 왔습니다. 어디 조용히 얘기할 만한 곳이 있나요?"

"의외로 사람들이 생각하지 못하는 곳이 있지요."

노형진은 고개를 끄덕거렸다.

그리고 그가 데리고 간 곳. 그곳은 진짜 신동하가 예상도 못 한 곳이었다.

"연습실요?"

가는 길에 편의점에서 맥주와 안줏거리 몇 개를 사 가지고 들어간 공간.

그곳은 다름 아닌 가수들의 연습실이었다.

"이곳은 철저하게 방음을 하니까요."

"아아, 무슨 뜻인지 알겠습니다."

철저하게 방음된 공간.

외부에서 감시를 하거나 도청을 하는 것은 불가능하다.

공간의 구조상 도청기를 달기도 애매하고, 평소에 그걸 달 만한 가치가 있는 곳은 아니다.

그리고 갑자기 온 건데 그걸 예상하고 한국의 가수 녹음실에 도청기를 설치하지는 않을 테니까.

"어지간한 호텔보다는 안전하죠."

방음이라는 건 나가는 소리를 철저하게 막아 주니까.

"좋은 곳이네요."

신동하가 고개를 끄덕거리자 노형진은 자리에 주저앉아서 캔 맥주를 따고 한 모금 쭈욱 들이켰다.

"그런데 이런 곳까지 오신 걸 보면 예민한 일이 벌어지고 있는 모양인데, 무슨 일입니까?"

"야쿠자들이 일단 물러나기는 했는데 곤란한 쪽이 붙었습니다."

"곤란한 쪽?"

"네, 정치권에서 이쪽에 침을 흘리고 있습니다."

노형진의 눈썹이 꿈틀하고 움직였다.

"그게 무슨 말입니까? 정치권이 왜 대동 쪽에 욕심을 부려요?"

"정치인들이 깨끗할 수는 없지 않습니까?"

"이런 젠장!"

노형진은 저절로 욕이 나왔다.

'그렇지. 정치인이 깨끗할 리 없지.'

안 그래도 정치란 것 자체가 더러운 일이다.

하물며 욕심이 많기로 소문이 나 있고 선민사상에 찌들어 있는 정치인들이 모인 곳이 바로 일본의 정치다.

'오죽하면 일본을 가리켜 유사 민주주의라고 할까.'

공식적으로는 민주주의국가이지만 돌아가는 구조는 정치

인이라는 귀족 아래에 국민이라는 노예가 있는 셈이니까.

"도대체 무슨 소리가 있는 겁니까?"

"일본의 정치인들 중 일부가 신동우 편에 섰답니다."

"신동우라……."

노형진은 턱을 문질렀다.

그런 정보라면 확실히 대룡이라고 해도 모를 수밖에 없다.

일본 정치권의 정보니까.

"그러면 지금부터 신동우에게 더 유리하게 싸움이 진행되겠군요."

"네."

야쿠자들이 전면에 나설 수가 없게 되었다.

자금이야 지원할 수 있겠지만 협박이나 납치, 폭행 같은 건 똑같이 행할 수 있는 삼합회가 뒤에 있다고 생각하기 때문이다.

'그래서 한국으로 온 거군.'

일본에도 정보기관이 있다.

그 정보기관들이 정치인들의 명령을 받고 신동하를 감시하지 말라는 법은 없다.

'하지만 한국에서 일본 정보기관원들이 갑자기 활동할 수는 없지.'

그러니 안전하게 대화하기 위해 갑작스럽게 한국으로 온 것이다.

"문제는 그것뿐입니까?"

"그 정도라면 제가 여기까지 오지 않았을 겁니다. 딱히 비밀로 해야 할 정보도 아니고요. 그보다 더 크고 실질적인 문제가 생겨서 온 거죠. 정치인들이 신동우 편을 들어 주는 거야 상관없는데, 그쪽에서 요구하는 게 엔터 쪽을 통제해 달라는 겁니다."

"엔터?"

이 무슨 뜬금없는 소리란 말인가? 엔터라니?

"그게 신동우랑 무슨 관계가 있나요?"

"신동우가 아니라 저를 노리는 것 같습니다. 그걸 관리하는 건 저이니까요. 신동우랑 한배를 탄 것으로 보이기는 하지만요."

"그런데 왜 그걸 갑자기 요구하는 겁니까?"

"아무래도 한국에서 오는 문화가 꺼림칙한 모양입니다."

"아아!"

극우 세력이 권력을 잡을 때 가장 골치 아픈 게 외국의 문화다.

안 그래도 문화적 갈라파고스화 때문에 수준이 낮은 일본 문화계에 노형진의 공격적 전략을 통해 한류가 유입되면 극우화 전략에 상당한 방해가 될 것이다.

"신동우는 별말 안 하지만 손은 잡았죠."

"무슨 뜻인지 알겠습니다."

이것이 법이다

지금 당장은 어쩌지 않겠지만 신동하를 언젠가는 손보겠다는 소리다.

일본의 엔터를 총괄하는 것은 신동하니까.

"그런 상황이면 정치권의 압력은 확실히 부담이 되겠네요. 지금이야 조용하겠지만."

조금만 지나면 노형진이 이룩한 모든 것을 모조리 날려 버리고 극우가 판치게 될 것이다.

'그러고 보니 원래도 그랬네.'

원래 역사에서도 일본의 방송은 극단적 일본 찬양과 국뽕으로 가득 차 있었다.

안 그래도 그런데 극우화되면서 방송에서 아주 대놓고 조작질을 해 댔으니까.

심지어 뻔하게 말이 나가고 있는데 왜곡된 자막을 붙이는 것은 기본이었다.

'그러면 내가 하는 사업은 확실히 망하겠군.'

북한으로 치면 남한이 거지만 살고 있다고 홍보하고 있는데 정작 방송에서는 잘 먹고 잘사는 현실이 나오는 꼴이다.

'염병, 예상했어야 했는데.'

대놓고 공격은 못 하겠지만 손쓸 거라 생각했어야 했다.

그리고 그 방법이 바로 신동우였다.

"왜 하필 신동우입니까? 야쿠자들이 소개해 주려면 신동성이 더 나을 텐데?"

"신동우가 신동성보다 세력이 밀리는 건 사실이지만 신동우 편에는 아버지가 있지요."

"썩어도 준치다 이건가요?"

아무리 신씨 형제들의 아버지인 신강수가 힘이 빠진 회장이라고 하지만 그래도 한때 일본 경제를 호령하던 사람이다.

그가 정치인들과 손잡고 있는 걸 예상하는 건 어려운 일이 아니었다.

"일본 정치계는 생각보다 힘이 강합니다."

한 방에 신동성을 날려 버리지는 못하겠지만 정책적으로 신동우에게 힘을 실어 주는 것은 어렵지 않은 일이다.

"정치권이라……."

사실 어느 정도 그들이 힘쓸 거라고 생각은 했다.

그들은 탐욕스럽다. 어떻게 보면 국가 공인 조폭이나 마찬가지인 그들이 이런 기회를 놓칠 리 없다.

'내가 몰랐던 건 어느 편을 들어 주느냐는 것이었지.'

회귀 전의 기억에서도 일본 정치권의 움직임은 없었으니까.

그들의 싸움이 이슈가 되기는 했지만 그 뒤의 정치권의 싸움은 한국 언론에는 나오지 않았다.

"신동성을 밀어주는 정치권은 없습니까? 신동성은 바보가 아닐 텐데요."

신동성은 바보가 아니다.

지금까지 뒤에서 칼을 갈면서 조용히 뒤통수를 치려고 준비한 놈이 정치권에서 개입할 것을 예상하지 못했을 리 없다.

"있기는 합니다만 세력이 약합니다. 주요 세력은 신동우와 아버지 쪽입니다."

'시간이 문제였군.'

원래는 몇 년 후에 벌어질 내전이었다.

하지만 노형진이 개입하면서 갑작스럽게 발발했고, 그래서 신동우도 신동성도 미처 준비가 안 되어 있었다.

'신동성이 미처 충분히 정치인 포섭을 하지 못한 거야.'

그리고 그게 지금 상황이 되었다.

'정치인 포섭이라……. 이건 곤란한데 말이지.'

사람들은 정치를 자신들과 먼 이야기라고 생각한다.

하지만 사실 현실은 그렇지 않다.

정확하게 말하자면 정치인들은 국민들이 그렇게 생각하기를 바란다.

그래야 자신들이 마음대로 하기 편하니까.

'그리고 일본은 그런 우민화정책이 아주 잘되어 있는 곳이야.'

어느 정도로 잘되어 있느냐면, 일본에서는 아버지가 돌아가시면 아들이 지역구를 넘겨받아서 정치를 하는 것이 아주 당연한 일 중 하나가 되었다.

'현 총리도 그런 타입이지.'

현재 한국과의 관계를 파탄 낸 것으로 취급받는 현 총리가 딱 일본 스타일의 전형적인 정치인이었다.

일제강점기 시절 그의 조상은 대장까지 지낸, 작위를 하사받은 귀족이었고 그의 아버지 역시 정치인이었으며, 그의 아버지가 갑작스럽게 죽은 후 그가 지역구를 물려받아서 어렵지 않게 정치권 데뷔를 했다.

'그러한 핏줄이니 어찌 보면 군국주의 부활을 꿈꾸는 게 당연한 거지. 그 과정에서 날 건드리는 건 예상하지 못했지만.'

군국주의를 거부한다는 것은 자신의 가문의 잘못을 인정한다는 셈이니까.

"그러면 그들을 도와주고 있는 사람들은 아무래도 오래된 정치인이겠군요."

"맞습니다. 어떻게 아셨습니까?"

"정치적 파워가 당연히 나이와 경험이 많은 사람들이 우선이겠지요."

그에 반해 신동성을 지지하는 사람들은 그런 힘이 없는 타입이라고 했다.

"그래서 고민 중입니다. 어떻게 할 방법이 없을까요?"

"흠……."

노형진은 신동하를 바라보았다.

일이 이쯤 되면 어쩌면 관계를 명확히 해야 할지도 모른다는 생각이 문득 머릿속을 스쳤다.

"신동하 씨, 지금 신동하 씨가 요구하는 게 무슨 뜻인지 아십니까?"

신동성이 물러나지 않게 하는 것.

그 말은 대동의 내전이 오래가게 된다는 뜻이다.

그리고 신동하는 대동의 사람이다.

"압니다."

'역시나.'

무시받았다고 했지만 신씨 가문은 바보 같은 가문은 아니다.

그리고 신동하 역시 바보는 아니었고.

"신동성이 여기서 물러나는 걸 전 원하지 않습니다. 그 결과가 대동의 몰락이라고 해도 말이지요."

"어째서죠?"

"대동은 저의 것이 아니니까요."

신동하가 지금 쥐고 있는 것.

그게 설사 한국이, 그리고 대룡이 만들어 준 것이라고 해도 신동하의 것이다.

하지만 대동은 아니다.

애초에 신동하의 것도 아니었고, 미래에도 신동하의 것이 될 가능성은 제로에 가깝다.

"그들이 무너지는 건 신경 쓸 바가 아니지요. 하지만 이건 내 겁니다."

신동하는 지금까지 보이지 않았던 눈빛을 번뜩였다.

"그리고 제가 이걸 쥐고 있는 걸 신동우가 그냥 봐줄까요, 자기편을 들어 줬다고 해서? 신동우나 신동성이나 둘 다 제게는 개새끼입니다."

직접적으로 손을 썼느냐 아니면 간접적으로 손을 썼느냐의 차이일 뿐, 신동하를 괴롭힌 건 마찬가지다.

"누가 이기든 절 몰락시키려고 덤비겠지요. 처음에는 몰랐지만 지금은 압니다, 노형진 변호사님이 왜 접근했는지 왜 대룡이 절 도왔는지, 그런 건 상관없습니다. 이건 내 겁니다."

주먹을 꽉 쥐는 신동하.

'역시 신씨 일가의 핏줄이라는 건가?'

참고 있던 욕망이 드러나는 순간 그는 과거와는 다른 모습을 보이고 있었다.

어찌 보면 노형진이 바라던 그런 모습 말이다.

"만일 우리가 대동을 무너트린다면요?"

"아까도 말씀드렸다시피 그건 제 것이 아닙니다. 남의 가게가 무너지든 말든 신경 쓸 이유는 없지요. 도리어 기회만 된다면 거기서 헐값으로 나온 걸 챙길 수도 있겠지요."

빙긋 웃는 신동하.

그는 아예 이쪽으로 넘어오기로 결심한 듯 보였다.

"좋습니다. 우리는 한배를 탄 거군요."

"원래부터 한배를 타고 있었습니다. 그리고 우리가 갈아탈 배 같은 건 없지요."

노형진은 고개를 끄덕거렸다. 그의 말이 맞으니까.

"그러면 이번에는 신동우가 아니라 신동성을 도와야겠군요."

"그게 문제입니다."

공식적으로 신동하는 신동우 편으로 되어 있다.

이제 와서 갑자기 신동성에게 달려가서 도와주겠다고 하면 믿을 리 없다.

"설사 도와준다고 해도 문제입니다."

신동우가 한번 배신한 신동하를 다시 믿을 리 없다.

그러니 결과적으로 신동하는 신동성의 편으로 계속 남아야 하는데, 그러면 저울추가 확 기울어져 버린다.

'당장 야쿠자가 바로 들어오겠지.'

신동하가 데리고 온 삼합회가 손을 떼는 것처럼 보일 테니까.

그것만으로도 사실상 싸움은 끝장난다고 봐야 한다.

"결국 신동우에게 걸리지 않고 신동성을 도와야 한다는 거군요."

심지어 신동성에게도 걸리지 않게 도와야 한다.

"이거 엄청 복잡한 문제가 되겠군요."

노형진은 턱을 문질렀다.

이건 그 혼자서 해결할 수 있는 게 아니었다.

⚖

"정치?"

"네, 일본 정치인들이 끼어들었습니다. 아무래도 일이 복잡해지는군요."

"이건 또 뭔……."

유민택은 당황스러웠다.

뭐 하나가 제대로 돌아가는가 싶더니 갑자기 일본 정치인들이 끼어들다니?

"일본 정치권과 싸울 수는 없는데. 우리가 아무리 대단하다고 해도 말이지."

"압니다. 일본 정치권과 싸운다는 건 일본 자체와 싸운다는 뜻이죠. 그렇다고 우리가 뿌린 걸 다 버리고 나오실 겁니까?"

"그럴 수는 없지."

대동은 일본에 수월찮게 투자했고 이제 쏠쏠하게 수익이 나고 있다.

그런데 거기서 손 털고 나오면 일본이 가만히 보고만 있을까?

아마도 날름 집어삼켜서 자신들의 극우 교육에 활용할 것이다.

애초에 그런 목적으로 신동우에게 접근했을 테고 말이다.

하지만 아무리 대기업이라고 할지라도 한 국가와 싸우는 데에는 한계가 있다.

결국 그 끝은 기업이 그 나라에서 철수하는 형태가 될 수밖에 없는 것이 현실이다.

"그렇다고 해서 그대로 두면 이 싸움은 1년도 안 갈 겁니다."

"신동우가 그냥 물러나지는 않겠지?"

"그럴 리가요."

당장 자금이 부족해서 한국에서 물러난 것일 뿐 그는 한국을 포기한 게 아니다.

"현 회장과 가장 성향이 가까운 게 신동우입니다. 현 회장은 사실상 신동우를 후계자로 생각하고 있었고요. 그게 내전의 원인이 된 거죠."

"그렇지."

그리고 대동의 현 회장인 신강수의 목표는 한국의 경제적 침략이다.

"그 말은 우리와의 관계가 좋다고 해도 결국은 한국 경제를 침탈하는 것은 신동우로서는 당연한 선택이라는 겁니다."

"그 부분은 신동성도 마찬가지이고."

신동우가 사상적 침략이라면, 신동성은 사욕을 채우기 위한 침략이다.

그리고 그 과정에서 사이가 안 좋은 대룡은 싸울 수밖에 없을 테고.

"그렇다고 우리가 일본의 정치를 어떻게 할 수 있는 것은 아니지 않나?"

일본에 정치적 개입을 하는 것은 엄연한 내정간섭이 된다.

그리고 그러한 행동은 일본뿐만 아니라 한국 정부도 대룡을 좋게 볼 수가 없게 된다는 소리다.

"일본 정부에 힘을 직접적으로 투사하는 건 힘들 것 같습니다."

"그건 알고 있네."

"그러면 간접적으로 투사해야지요."

"다른 사람을 통해 돈을 줘야 한다 이건가?"

"그건 맞습니다만."

노형진은 고개를 끄덕거렸다.

"이건 장기전입니다. 정치 싸움은 단시간 내에 해결할 수
가 없습니다. 하나씩 바꿔 가야지요. 그러기 위해서는 한 가
지 작전을 먼저 실행해야 합니다."

"어떤 건데?"

"개인의 홍보 전략을 짜서 줘 볼 생각입니다."

"뭐? 그게 갑자기 무슨 소리야?"

국가 간의 싸움, 최소한 기업 간의 싸움이다.

그런데 개인의 홍보 전략이라니?

"일본은 우민화정책이 잘되어 있습니다. 그건 아시죠?"

"그건 알지."

"하지만 일본은 얼마 전까지만 해도 30년 장기 불황을 겪
으면서 경제가 몰락했습니다. 아무리 우민화정책이 잘되어
있다고 해도 그 정도 수준인데 정권이 안 바뀌는 게 이상하
지 않습니까? 쿠데타까지는 아니더라도 선거에서 한번 바뀌
기는 해야 하지요."

"글쎄…… 그건 깊이 생각해 보지 못했는데."

이것이 법이다

"사실 일본의 선거 자체가 신인은 끼어들지 못하게 되어 있습니다. 구조가 그래요."

"구조?"

"네, 일본에서는 투표가 주관식입니다. 그게 신인 정치인이 나서지 못하는 가장 큰 이유 중 하나죠."

"주관식? 그게 뭔가?"

유민택은 이해가 가지 않았다.

아니, 상식적으로 이해가 안 갈 수밖에 없는 말이다.

투표가 주관식이라니?

"아마 잘 모르실 겁니다. 기명식이라고 하지요. 쉽게 말해서 한국에서처럼 정해진 사람의 이름에 도장을 찍는 것이 아니라 후보자의 이름을 투표자가 직접 쓰는 걸 말합니다."

"직접 쓴다고?"

"네, 쉽게 말해서 다른 사람이 노형진이라고 쓰면 저에게 투표한 게 됩니다."

"으음……."

유민택은 묘한 표정이 되었다.

그럴 수밖에 없는 게, 처음 들어 본 방식이니까.

"오로지 일본에서만 쓰는 방식입니다."

"그런데 그게 문제가 된다고?"

"그럴 수밖에 없지요."

기명식이라는 것. 그건 표음문자라면 문제가 안 된다.

가령 한글의 경우 노형진이라고 쓰고 노형진이라고 읽는다.

유민택이라고 해도 유민택이라고 쓰기 쉽다.

틀려 봐야 류민택 정도가 될 것이다.

"그에 반해 일본은 히라가나와 가타가나와 한자를 씁니다. 쓰는 것만 세 개죠."

히라가나와 가타가나는 그나마 나은데 한자는 표의문자다.

"똑같이 이씨라고 쓴다고 해도 그게 이李가 될 수도 있고 이理가 될 수도 있죠."

"무슨 뜻인지 알겠군. 그런 경우는 인정이 안 되겠군?"

"맞습니다. 그건 무효표 처리가 됩니다."

이름이 다르기 때문이다.

"당연하게도 이미 정치를 하던 사람이 유리하지요."

정치를 하던 사람은 이름을 널리 알릴 기회가 많다.

"그에 반해 신인은 어떨까요?"

"기회가 없겠지."

그냥 이름만 들어도 그대로 쓸 수 있는 표음문자라면 문제가 안 되겠지만 표의문자라서 어떤 한자인지 정확하게 알고 써야 한다면 이 선거는 철저하게 기득권층이 유리할 수밖에 없는 구조가 된다.

"그리고 상황에 따라서는 별명도 인정해 주죠."

"응? 오타도 인정 안 해 주는데 별명은 인정해 준다고?"

"네, 물론 누가 봐도 대상이 누구인지 명확하게 지정된 별명 같은 거죠."

가령 대룡의 회장이라고 쓰면 그건 누가 봐도 유민택을 뜻하는 거다.

"그런 경우는 회장님의 득표가 인정됩니다."

"하지만……."

유민택은 어이가 없었다.

별명이라는 것. 지명도가 있다는 것.

그건 애초에 유명한 사람이라는 의미다.

"그냥 신인은 정치하지 말라는 소리가 아닌가?"

이쯤 되면 신인이 정치권에 들어가는 것은 기적과도 같은 일이다.

"그래서 일본에 정치인 2세, 3세가 많은 겁니다."

훨씬 기회가 많고 이름을 알릴 기회가 넘치니까.

애초에 성만 같아도 이름의 절반은 알리고 시작하는 셈이니까.

"이게 일본이 유사 민주주의 국가 소리를 듣는 이유 중 하나죠."

누구에게나 공평한 게 민주주의의 정신이지만 일본의 선거 구조는 철저하게 신인을 배제하는 시스템으로 되어 있다.

"그런데 그걸 이야기하는 이유가 뭔가?"

"간단합니다. 이름이 알려져 있지 않다면 알리면 되는 겁니다."

"뭐?"

유민택은 이해가 가지 않았다.

그러나 노형진의 다음 말에 얼굴이 창백해졌다.

"우리도 일본의 정치인을 후원하는 겁니다."

"자네 미쳤나? 그게 무슨 말인가? 그건 내정간섭이야!"

"엄밀하게 말하면 내정간섭은 아니죠. 국가 간의 일이 아니니까."

"아니, 그래도 그렇지."

"글쎄요, 저는 다르게 생각하는데요?"

"어째서?"

"우리나라에 일본에서 지원받는 정치인들이 얼마나 됩니까?"

순간 유민택은 입을 다물었다.

한국에서 대기업을 운영하기 위해서는 정치권과 손을 잡지 않을 수가 없다.

잡기 싫어도 그들이 온갖 압박을 해 온다.

당연하게도 그들에 대해 잘 알 수밖에 없다.

"제가 알기로는 많은 한국 정치인들이 일본 극우 세력에게서 지원을 받을 텐데요?"

"후우……."

길게 한숨을 내쉬는 유민택.

"하긴, 다 알고 있는 비밀이지."

현직 정치인들 중 일본 정치자금을 받는 사람들은 적지 않다.

그들은 친일 행동을 공공연하게 하면서 한국의 이익보다는 일본의 이익을 위해 활동한다.

대놓고 일왕 생일 파티에 참석하거나 아니면 자위대 창립 기념일에 참석하는 것이 우리나라 정치인들이다.

"그들은 해도 되고 우리는 하면 안 됩니까?"

"끄응."

유민택은 머리를 부여잡았다.

"자네 말이 맞아. 장기적으로 일본에 영향력을 행사하려고 한다면 그게 가장 좋은 방법이겠지."

아무래도 이쪽에서 정치자금을 지원해 준다고 하면 사람이라는 게 이쪽 편을 안 들어 줄 수가 없다.

"그렇지만 말이지, 그게 쉽지는 않을 걸세."

아무리 정치자금을 주려고 한다고 해도 그쪽에서 안 받으면 그만이고, 일본 내의 정치자금이 부족한 것도 아니니까.

"그들도 알아. 한국에서 정치자금을 준다고 하면 꺼릴 걸세. 지난번 사태를 생각해 봐."

"후쿠시마 사태 때 말이군요."

그 당시 한국에서는 이재민을 위해 긴급 구호 물품을 보냈다.

그러나 일본 일부 극우 세력의 말은 가관이었다.

한국에서 보낸 물품은 받지 않는다, 너희들이 거기에 독극물을 탔는지 알 게 뭐냐는 식이었다.

물론 진짜 거기서 고생하는 사람들은 지원을 받아서 잘 써먹었지만 말이다.

"하긴, 전에도 한번 그렇게 해서 잘 써먹었죠."

과거 간토대지진 때 일본 정부는 한국인들이 우물에 독극물을 탄다면서 한국인들을 사냥했다.

이유는 간단하다.

일단 사태를 무마하기 위해 한국인을 적으로 삼은 것이다.

"일본에서 극우의 반한 감정은 심각합니다."

"그래서 걱정하는 걸세. 우리가 준다고 해서 돈을 받겠는가?"

"돈을 주지 않으면 되죠."

"뭐? 방금은 지원을 하자면서?"

지원하자고 하면서 돈을 주지 않겠다는 말에 유민택은 고개를 갸웃했다.

노형진은 그런 그를 바라보며 미소 지었다.

"이런 말이 있지요. 돈에는 국경이 없다."

"그래서?"

"정치자금으로 들어간 돈이라면 당연히 안 받겠지요. 하지만 산업자금, 그러니까 투자금이라면 어떨까요?"

노형진은 씩 웃으면서 옆에 있던 두툼한 서류를 꺼내 내밀었다.

"지금부터 우리는 일본의 정치를 우리 손아귀에 넣을 겁니다, 후후후."

선거나 연예인이나
인기투표인 건 마찬가지

기명투표를 하는 일본.

그 문제점은 일단 새로운 후보의 이름을 널리 알릴 방법이
없다는 것이다.

플래카드 같은 걸 걸어 봐야 일본 국민들은 그다지 관심을
가지지 않는다.

"하지만 가게라면 이야기가 달라지지요."

노형진이 만든 첫 번째 계획.

그건 이쪽에 우호적인 정치인들을 성장시키는 것이었다.

"가게라고요?"

신동하는 갑작스러운 이야기에 눈을 찌푸렸다.

"가게랑 정치랑 무슨 관계가 있다는 거죠?"

"한국에는 사장의 이름을 딴 가게들이 있습니다."

"그래서요?"

"그런 가게를 만들고 홍보를 하는 것은 선거법 위반이 아니죠."

"어? 아하! 무슨 뜻인지 알겠습니다."

지명도가 없다는 것. 그건 그 철자를 모른다는 것을 뜻한다.

"투표를 하는 사람들이 그 이름을 모른다면, 알게 하면 됩니다."

선거에 나가겠다고 고래고래 소리 지르고 다녀 봐야 그 이름을 기억하는 사람은 없다.

"하지만 새로운 가게를 내고 그 이름을 홍보하면 어떻게 될까요?"

사람은 광고를 보면서 가게의 이름을 익히게 된다.

"정확한 철자까지 알게 되겠지요."

"사실 철자도 중요하지만 이미지도 중요합니다."

"이미지요?"

"네, '유명해져라, 그러면 네가 똥을 싸도 사람들은 박수를 보낼 것이다.'라는 말, 전에 한 적 있지요?"

신동하는 고개를 끄덕거렸다.

그래서 노형진이 그를 유명하게 해 줬고, 그 덕에 그가 지금의 자리를 차지할 수 있었다.

"일단 이름부터 얻는 게 중요한 거죠."

"맞습니다."

안 좋은 소문이라고 할지라도 일단 이름을 알리고 나면 사람들은 그 이름을 쓸 줄 알게 된다.

소위 말하는 노이즈 마케팅이다.

"일본의 정치인들이 가장 잘 쓰는 방법 중 하나죠."

그들이라고 두뇌가 없어서 헛소리를 하는 게 아니다.

노이즈 마케팅, 그러니까 자신의 이름을 널리 알리기 위해 그러는 것이다.

"어떻게든 이름을 알려서 열 명 중 한 명이라도 제대로 쓰게 하는 게 열 명 다 오탈자를 내는 것보다는 나으니까요."

"연예계랑 비슷하네요."

"많이 비슷하지요. 사실 툭 까고 말해서 연예인 인기투표나 정치인 투표나 결국은 거기서 거기입니다. 정책도 보지 않고 투표하는 지금의 투표 시스템상에서는 말이지요."

"으음……."

"그래서 신동하 씨가 필요한 겁니다. 결국 인기투표라면 그 인기를 얻게 해 주는 것은 엔터테인먼트의 영역이지요."

단순히 사람을 뽑는 것을 넘어서 누군가가 뽑힐 수 있게 지원을 해 주는 것. 그게 중요하다.

지금까지 없었던 선거의 방식.

노형진은 그걸 일본에서 시도할 생각이었다.

"민주주의는 표가 공정하다고 생각하지요. 하지만 사실

공정하지 않습니다."

사람들이 누군가에 대해 잘 알고 투표하는 경우는 드물다.

대부분 어느 정당 소속이니까, 어떤 이미지이니까, 더 유명하니까 뽑는 거지 이 사람의 정치적 행보를 다 알고 비교, 분석해서 투표하는 사람은 극히 드물다.

"저를 이용해서 일본 정치계를 흔들 생각이시군요."

"눈치가 빠르시네요. 대룡 역시 지원을 해 주기로 했습니다. 방법은 기존과 같습니다. 중국을 통해 자금을 들여올 거고 그곳의 대표를 우리가 뽑을 겁니다. 쉽게 말해서 지역별로 전문 경영인을 뽑아서 둔다고 보시면 됩니다."

"으음……."

신동하는 이번에는 아무런 말도 하지 못했다.

그럴 수밖에 없는 게 일본 정치계는 사실상 귀족화되어 있는 수준이기 때문이다.

그가 엔터테인먼트적 부분으로 접근하기 시작하면 일대 파란이 일어날 것이다.

"부담스럽습니까?"

"솔직히 그렇지요."

자신의 권력이 강해지기는 하겠지만 기존 정치 세력에서의 반격도 만만찮을 것이다.

"하지만…… 피할 수는 없겠지요?"

신동하는 신동우를 생각하고 눈을 살짝 찡그렸다.

정치인들의 도움을 받아서 승리한다면 신동우는 신동하를 버릴 것이다.

아니, 다시는 재기하지 못하게 할 것이다.

그건 신동성도 마찬가지다.

당장 목숨이라도 부지하려면 다 버리고 다른 나라로 떠야 한다.

"어쩔 수 없습니다. 상대방이 우리에게 선택지를 주지 않으니까요."

"끄응, 좋습니다. 어떻게 할까요? 무조건 방송에 출연시킬 수는 없지 않습니까? 전문 경영인으로 이름을 다는 거야 어렵지 않은데, 그렇다고 모든 지역민들이 그 사람의 이름을 알게 될까요? 그건 무리일 것 같은데요."

노형진은 고개를 끄덕거렸다.

사업만 한다고 하면 당연히 그렇다.

아무리 지역이 좁다고 해도, 사업을 아무리 잘한다고 해도 모든 사람이 그의 이름을 알게 되는 것은 아니다.

하지만 그에 관련해서는 한번 성공한 사례가 한국에 있었다.

"지역별 연예인 지원 시스템을 만들 겁니다."

"지역별 연예인 지원 시스템?"

"일본은 지역 아이돌들이 많지요. 그리고 정치인들은 선거구별로 활동하고요."

지역 아이돌, 그러니까 그 지역에서 활동하면서 전국 아이돌로 이름을 널리 알리고 싶어 하는 아이들.

사실 지하 아이돌과 비슷하면서도 조금은 다른 개념이다.

특정 지역을 기반으로 활동한다는 점은 비슷하지만 좀 더 자금에 여유가 있고 투자하는 소속사가 있다는 정도?

그래서 지방 방송 정도 나갈 수 있는 정도가 되면 지역 아이돌이라고 분류된다.

당연히 실력도, 아예 지원이 없는 지하 아이돌보다는 좀 더 나은 편이다.

지하 아이돌은 제대로 된 매니저도 없는 경우가 대부분이니까.

"일단은 외부에서 투자를 진행할 겁니다."

그리고 자신들이 미리 포섭한 정치인들의 이름으로 가게를 열 것이다.

그럴듯한 이름이 아니라 그 정치인의 이름을 딴 가게 말이다.

가령 미토코의 피자집 같은 방식으로 말이다.

"그리고 그쪽에서 지역 아이돌들과 제휴할 겁니다. 그들이 버는 돈의 일부가 지역 아이돌들에게 가도록요."

"흠……."

그 말에 신동하는 걱정스러운 표정이 되었다.

그럴 수밖에 없는 게, 그가 일본에서 활동해서 누구보다 잘 알기 때문이다.

"이런 말 하면 미안한데, 지역 아이돌은 지역 아이돌인 이유가 있습니다."

착하다고, 재능 있다고 다 뜨는 게 아니다.

하물며 지하 아이돌이라고 불리는 대다수의 가수들은 제대로 된 공연장은커녕 제대로 된 매니저도 없다.

심지어 재능이 없는 애들도 분명 존재한다.

"저를 처음 만났을 때를 생각해 보세요. 우리가 전형적인 지역 아이돌입니다."

편의점 도시락 두 개를 다섯 명이 나눠 먹던 현실. 그게 대부분의 지역 아이돌의 현실이다.

"그리고 지금은 한류가 대세입니다. 무슨 뜻인지 아시죠?"

"알죠. 제가 모르겠습니까? 그래서 신동하 씨가 필요한 겁니다. 지역 아이돌을 전국구로 띄운 사람이니까요. 당신의 타이틀이 있으니 더 많은 사람들이 몰려들 겁니다."

안 그래도 일본에서의 한류는 빠르게 퍼졌다.

특히 이런 아이돌 문화에서 그 차이가 심한데, 어쩔 수가 없는 게 완전히 완성된 아이돌을 내보내는 한국 문화에 비해 일단 데뷔하고 성장하는 걸 보여 주는 일본의 문화는 그 퀄리티가 어마어마한 수준으로 차이가 나기 때문이다.

그나마도 성장에 제한이 걸리는 경우가 많은데, 일단 인기를 얻으면 연습을 시키기보다는 미친 듯이 행사를 돌려서 잠도 자기 힘들게 하기 때문이다.

오죽하면 한국의 지원 시스템을 잠깐 경험한 일본 아이돌이 일본을 가서 악수회에 갈 생각을 하니 비참하다는 말을 할 정도였다.

'그 애들이 재능이 없는 게 아니지.'

인구도 많고 시장도 더 큰 일본이지만 성장 지원 시스템이 제대로 되어 있지 않다.

안 그래도 그런 상황에 노형진이 인터넷 방송과 비디오 대여점을 공략하면서 한류가 전보다 훨씬 더 빠르게, 훨씬 더 강하게 불고 있다.

"그래서 저는 콜라보를 생각하고 있습니다."

"콜라보요?"

"네. 한국에 지역별 랭킹전이 있는 거 아시죠?"

"아, 알죠."

노형진이 만든 지역별 랭킹전은 한 달에 한 팀씩 최우수 팀을 뽑는다.

일본의 지역 아이돌 문화를 한국 문화에 적당히 섞어서 만든 제도인데, 그 덕분에 유명해진 가수들이 한두 명이 아니다.

'우리가 받아 온 게 있다면 줄 것도 있는 법이지.'

노형진은 차분하게 말을 이어 갔다.

"누가 봐도 한국 가수들은 일본의 지하 아이돌보다 퀄리티가 높습니다."

좀 심하게 말하면 일본 상당수 아이돌의 춤은 막춤에서 좀 벗어난 수준이라고 봐도 무방하다.

"따로 춤 선생을 붙여 줄 여력이 안 되니까요."

"그래서요?"

"일본에서 그 지역별 랭킹전을 하면 어떻게 될까요?"

"하지만 퀼리티가……."

"한국 팀이 붙으면 이야기는 달라지죠."

"네? 그게 무슨 말씀이죠?"

"이런 겁니다."

한국처럼 일본도 지역별 랭킹전을 만든다.

충분히 먹힐 만하고 한번 입증된 아이템이니 얼마든지 가능하다. 애초에 노형진이 일본에서 보고 배운 걸로 만든 게 랭킹전이니까.

'퀼리티 문제는 한국 아이돌이 일본의 지하 아이돌에게 붙어서 가르치는 것으로 대체한다.'

쉽게 말해서 멘토가 되는 것이다.

멘토로서 그들을 가르치고 음악을 함께하도록 하는 것이 이번 계획의 골자다.

"그렇게 되면 퀼리티는 보장할 수 있겠군요."

공식적으로는 아이돌이 멘토가 되겠지만 거기에는 한국에서 파견된 댄스 강사와 전문 작곡가가 붙을 것이다.

"일본도 슬슬 이런 시스템을 만들 때가 되었지요."

신동하의 파급력을 더 강하게 하기 위해서는 언젠가는 해야 하는 일이었다.

'그리고 이건 일종의 세뇌이기도 하지.'

한국의 가수들이 일본의 가수들을 가르친다.

얼핏 보면 별거 아닌 것처럼 보이는 이벤트다.

하지만 그 내면을 보면 전혀 다르다.

가르친다는 것.

그건 한국의 문화가 일본의 문화보다 우월하다는 걸 전제해야 하는 거니까.

'이거야말로 문화 침략이지.'

노형진의 일본 침략 계획은 크게는 문화 침략이다.

대동의 경제 침략과는 상반된 이야기다.

그리고 문화 침략으로 이만한 건 없다.

"흐음……."

거기까지 생각 못 한 신동하는 노형진의 말에 진지한 표정이 되었다.

"하지만 일본은 한국과는 좀 다릅니다."

한국은 지역별로 활동하면 자기 사람이라는 느낌이 강하다.

지역별 특색도 있거니와 기존 정치인들이 자신들이 편해지고자 국민들에게 지역 차별을 세뇌했기 때문이다.

그리고 국민들의 성향이 그런 면에서는 좀 호전적이라, 자기 사람이라고 하면 일단 밀어주는 성향이 있다.

"하지만 일본 국민들은 조용합니다. 그런 면이 강하지 않습니다. 한국처럼 막 크게 흥하지는 않을 텐데요?"

"상관없습니다."

"네? 상관없다니요?"

"우리는 적자만 면하면 됩니다."

"어째서요?"

"주와 객을 바꾸면 안 됩니다. 우리가 밀어주려고 하는 것
은 연예인이 아니라 정치인입니다."

"아······."

누군가를 밀어주는 게 문제가 아니다.

설사 그 연예인이 실패해도 상관은 없다.

다른 연예인을 넣으면 그만이다.

"우리의 궁극적인 목적은 정치인들입니다. 그들은 연예인
들과는 좀 다르죠."

그가 활동하면서 지역을 대표하는 인물로 비치면 그만이다.

그리고 연예인들에게는 미안하지만, 그들은 도구일 뿐이다.

"지역을 대표하는 뭔가를 키우는 지역의 정치인."

"대표성이 성립되겠네요."

"제가 노리는 게 그겁니다."

신동하는 골똘히 생각에 빠졌다.

노형진의 계획대로라면 큰돈은 못 번다.

하지만 장기적으로 보면 확실하게 권력의 핵심에 접근할
수 있다.

"정치는 포장입니다. 안 보이는 걸 잘해 봐야 국민들은 잘

모릅니다. 그에 반해 잘 보이는 걸 잘하면 국민들에게는 자기들을 위하는 정치인으로 보이죠."

세금 깎아 주고 지역을 활성화시키고 청년 실업을 해소하고, 그런 건 다 정치인들의 립서비스다.

그런 건 해도 티가 잘 안 난다.

그에 반해 정치인들은 지역에 도움도 안 되는 도로 놓는데 매달리고 쓸데없는 건축물에 매달린다.

그럴 수밖에 없는 게, 그건 자기가 뭘 했다는 것이 보이는 물건이기 때문이다.

"그리고 연예인만큼이나 잘 보이는 게 있을까요?"

"그건 그러네요. 그들을 전면에 내세우고 한국 가수들이 멘토가 되어서 지원해 준다……. 확실히 먹힐 것 같네요."

"충분히 먹힙니다."

그리고 그렇게 어드바이스를 받은 지하 아이돌들의 실력은 어마어마하게 성장할 테고, 일본 문화를 씹어 먹고 다니기 시작할 것이다.

"그리고 그 연예인들의 후원자로 그 정치인들이 나온다면 어떨까요?"

"지역에서 홍보 자체는 확실하게 할 수 있겠네요."

"인간은 친밀한 사람에게 마음이 가기 마련이지요."

일본의 정치인들은 자신들을 귀족이라 생각하기에 고고하고, 대중 앞에서 친밀한 모습을 보이지 않는다.

한국의 정치인들이 선거철에만 고개를 숙이듯이 그들 역시 마찬가지다.

"그런 그들이 방송에 나와서 친근한 이미지를 만들고 이름을 계속 자막으로 때려 버리면?"

"허…… 미친…….."

그 지역에서 그 이름을 모르는 사람은 없게 될 것이다.

"사람들은 지역별로 활동하지요."

방송에 나오는 성장하는 모습, 그게 중요하다.

"비디오도 지역별로 만들어서 배포할 겁니다."

일본의 문화는 아이돌의 성장을 함께하는 것을 중요하게 생각한다.

"하지만 지금까지는 팬이 직접적으로 영향을 줄 수는 없었지요."

직접적으로 영향을 주고 싶어도 방법이 없다.

심한 경우 팬이 아이돌에게 보낸 선물이 중간에 사라지는 게 일본 연예계다.

철저하게 야쿠자 방식의 착취 구조로 되어 있다. 어쩔 수 없다. 애초에 일본 연예계는 야쿠자들이 상당 부분 쥐고 있으니까.

하지만 이젠 방법이 생긴다.

가게가 생기고 그 가게에서 후원금이 나가며, 자신의 투표가 가수를 성장시키고 더 높은 곳으로 밀어준다.

선물을 주고 끝이 아니라 그 선물을 받는 장면까지 모조리 촬영해서 콘텐츠로 틀어 준다.

물론 그걸 받아서 넘겨주는 것은 정치인들이 할 일이다.

정치인들이 연예인과 팬들을 이어 주는 다리가 되는 것이다.

"아이돌이 높은 곳으로 갈수록 정치인의 이름은 더 많이 노출됩니다."

공식적으로는 아이돌의 후원회 회장으로서 말이다.

"이름만 아는 정치인과, 이름과 얼굴과 이미지까지 친근한 정치인. 표가 어느 쪽으로 몰릴 거라 생각하세요?"

신동하는 침을 꿀꺽 삼켰다.

그게 만일 된다면…….

'내가 가지게 될 정치적 권력의 힘은…….'

어마어마할 것이다.

그런 신동하를 보면서 노형진 역시 속으로 웃었다.

'그리고 조금씩 친한국파로 정치인들이 바뀌겠지.'

반한국파 정치인들의 기본적인 전략은 극우적 주장을 통해 자신의 이름을 알려서 기명투표에서 유리한 고지를 선점하는 거다.

'하지만 똑같이 이름이 알려져 있다면 이미지가 좋은 쪽이 유리하지.'

당연하게도 그들의 기존 정치 세력은 급격하게 흔들리게 될 것이다.

"돈 자체도 그다지 많이 들지는 않겠고……."

어차피 해야 하는 일이기에 미리 준비는 하고 있었다.

다만 정치인이라는 요소가 끼어든 것뿐이다.

그리고 정치인들에게 파워를 갖기 위해 돈을 줄 때는 적은 돈을 줘 봐야 누구 놀리냐며 무시받을 수밖에 없다.

"가게 몇 개 내는 정도는 충분히 지원이 가능합니다."

누구라고 말하지는 않았지만 신동하는 그 배후에 대룡이 있다는 걸 알았다.

하지만 상관없었다.

어차피 자신과 대룡은 한배를 탄 처지니까.

"좋습니다. 그러면 제가 할 건 뭡니까?"

"일단 지역별로 출전할 지하 아이돌을 선발하세요. 아마 이번 계획이 시작되면 영향력이 전국 단위가 될 겁니다."

신동하는 고개를 끄덕거렸다.

그도 많이 성장하기는 했지만 아직 전국 단위 활동력을 가지고 있지는 않다.

"정치인들은 우리가 결정하겠습니다."

노형진은 기존 정치인들과 다른 친한국 성향을 가진 일본 정치인들을 고를 생각이었다.

"시간이 좀 걸리겠지만 아마 일본의 역사를 바꿀 수 있을 겁니다, 후후후."

신동하는 전국의 지하 아이돌들을 대상으로 출전을 원하는 사람들의 지원을 받기 시작했다.

　그리고 연예인으로 활동한 경험이 있는 고연미 변호사가 그 안에서 싹수가 있는 사람들을 고르기 시작했다.

　그와 동시에 대룡엔터테인먼트 역시 엔터테인먼트조합과 더불어서 거기에 참석할 한국 가수들을 선발하기 시작했다.

　"생각보다 지원자가 많네."

　유민택은 넘치는 서류를 보며 말했다.

　"당연하지요. 일본은 기회의 땅 아닙니까?"

　환율도 높고 수익도 높다.

　그러니 성공적으로 일본에 진출하기 위해 기회를 잡으려고 하는 사람들이 많았고, 이번 일 역시 그런 곳들이 노리던 기회였다.

　멘토라고 하지만 결국 그들 역시 일본의 대중 앞에 나서는 건 같으니까.

　"한국에서 일본으로 가려고 하는 사람은 많지요. 사실 그쪽은 문제가 없어요. 문제는 일본 쪽 애들이에요. 이건……답이 없네요. 내가 바로 현직으로 뛰어도 이거보다는 잘하겠네요."

　일본 지역 아이돌을 골라내던 고연미는 긴 한숨을 내쉬었다.

"그 정도예요?"

"뭐, 싹수가 보이는 애들이 없는 건 아니에요. 그런데 이런 말 하면 좀 그렇긴 하지만, 이 애들 키우려면 여럿 갈아 넣어야 할 거예요."

"그렇게 처참한가요?"

"툭 까고 말하면요, 이건 답이 없어요. 댄스의 핵심이 뭐라고 생각하세요?"

"어…… 글쎄요?"

"골반이에요, 골반."

골반을 잘 써야 소위 말하는 그루브가 나오고 에스 라인이 나온다.

한국에서 댄스의 기본은 골반이며 그에 따라 섹시함이 달라진다.

"이 애들은 목이 아니라 허리에 깁스를 한 것 같아요."

영상을 보면서 긴 한숨을 내쉬는 고연미.

그녀가 보기에는 그냥 팔다리 흔드는 푸닥거리 수준일 뿐이었다.

"뭐, 고 변호사님 입장에서는 그럴 수도 있죠. 하지만 일본은 성장하는 모습을 보여 주는 게 대세입니다."

"그건 그런데……."

"좋게 생각하세요. 당장 잘하는 애들을 데려다 키우면 성장하는 게 보이겠습니까? 아이도 자주 보면 크는 걸 모르는 법입니다."

하지만 오랜만에 보면 순식간에 훌쩍 커 버린 듯 느껴진다.

다 큰 아이라면 키우는 재미는 없다.

"한국과 다른 면은 존중해야지요."

"끄응…… 그런데 왜 이따위래요?"

"아무래도 성장의 한계가 낮은 거죠."

실력이 없는 게 아니다.

일본의 연예계는 성장을 했을 때 그 기대치가 낮다.

그래서 실제 아이돌의 실력이 한국에 비하면 뛰어난 편이 아니다.

"실제로 분류도 좀 다르고요."

"다르다고요?"

"네, 한국 수준의 아이돌은 일본에서는 아티스트로 분류합니다."

즉, 아이돌의 한계치가 상당히 낮다는 거다.

"우리가 좀 갈아 넣기 시작하면 그때는 기존 아이돌들의 활동이 약해질 겁니다."

수준 차이를 이길 수는 없을 테니까.

"알아요, 알아. 그러니 일해야지요."

긴 한숨을 쉬며 다시 화면으로 시선을 돌리는 고연미.

"그런데 문제는 정치인일세."

유민택은 걱정스럽게 말했다.

"지금 조사 중인데, 아무래도 제대로 된 정치인을 찾는 게 쉽지 않아."

"부패한 정도는 상관없다고 말씀드렸잖습니까?"

굳이 깨끗한 사람을 뽑을 생각은 없다.

깨끗하면 좋지만 아니어도 마는 거다.

어차피 한국 정치인도 아니고, 일본은 잠정적으로는 적성국에 가깝다.

부패해서 썩어 문드러져도 상관은 없다.

"그게 문제야."

"네?"

"정치를 하고 있는 사람들 중에 적당히 썩은 인간이 지금까지 친한파로 남아 있겠나?"

"아⋯⋯."

일본의 정치는 극우가 꽉 잡고 있다.

정치를 하고자 하는 놈들 중 적당히 썩은 놈들이라면 이미 극우로 넘어갔을 것이다.

"웃긴 건데, 남은 사람들은 진짜로 양심적인 이들이야. 자신들의 2차대전 범죄를 인정하고 한국에 사과해야 한다고 생각하는 사람들이란 말이지."

"곤란하네요."

노형진은 머리를 긁적거렸다.

'정치인은 다 썩었을 거라 생각했는데. 하긴, 맞는 말이기

는 하네. 그런 기회주의자 같은 놈들이 극우로 넘어가지 않고 버틸 리 없지.'

아이러니하게도 그 때문에 이쪽은 깨끗한 사람들만 남은 것이다.

"그러면 더 좋은 거 아닌가요?"

"좋은 건 아닙니다."

사과의 문제는 정치적인 문제다.

사과를 받으면 좋지만 그건 정치적으로 자존심을 세우는 정도다.

"하지만 정치는 삶과 밀접하지요. 만일 정치인들이 욕심을 버리고 국민을 위해 뛰기 시작하면 일본은 무서울 정도로 발전할 겁니다. 일본은 절대 저력이 낮은 나라가 아닙니다."

"아아아……."

아니, 어떤 나라든 정치인들이 제대로 정신 차리고 일하기 시작하면 발전한다.

"그리고 그건 우리에게는 그다지 좋은 일은 아니죠."

나라가 발전하면 산업도 발전하고, 산업이 발전하면 대동도 커진다.

"곤란한 일이네요."

아주아주 곤란한 일이다.

"어쩔 수 없네요. 야쿠자들에게 이야기해서 적당한 사람들을 소개받아야지요."

"사기꾼들을 말인가?"

"네."

"하지만……."

"상관있나요? 애초에 사기꾼들이 더 써먹기 좋지요."

사기꾼들은 기본적으로 언변과 외모가 되어야 한다.

그렇지 않으면 사기를 칠 수가 없다.

세상에 말 못하고 못생긴 사기꾼이라는 것은 존재할 수가
없다.

"노 변호사님 은근 무섭네요."

보통 사람들이라면 친한파라는 조건만 생각할 것이다.

"친한파라고 해도 결국은 정치인입니다. 정치계에 이런
말이 있습니다. 천사들이 사는 세계라고 해서 그곳이 천국인
것은 아니다."

그들이 챙기는 것은 결국 자기네 사람들이 될 수밖에 없다
는 소리다.

"지금이야 친한파로 양심을 외치지만 그게 언제까지 갈까요?"

분명 정치를 하다 보면 자국과 한국의 이득이 충돌하는 순
간이 올 테고, 올바른 정치인이라면 자국을 선택할 테니까.

"하지만 양심은 변해도 본성은 안 변하죠."

돈만 준다면 사기꾼들에게 자국민 따위는 아무런 가치도
없는 대상이다.

"우리는 일본을 발전시키려고 하는 게 아닙니다. 우리가

주무르려고 하는 거지."

'친한파이니까', '착하니까'라고 생각해서 뽑아서는 안 된다.

도리어 그런 인간들은 더 걸러야 한다.

"그러니까요. 무서운 분이에요."

고연미는 부르르 떨었다.

노형진은 그저 웃을 뿐이었다.

사기꾼들을 포섭하는 것은 어렵지 않았다.

물론 몇 가지 조건을 달았다.

일단 전과는 없을 것.

가능하면 얼굴이 알려지지 않았을 것.

사기를 쳤다고 해도, 지금이라도 돈을 주고 무마할 수 있을 정도일 것.

"어렵지 않게 보충은 했네요."

물론 그 과정에서 약간의 소란은 있었다.

일단 소소한 사기보다는 정치가 돈이 되는 걸 알기에 지원자는 많았는데, 피해자들의 입을 막는 게 좀 힘들었기 때문이다.

'그 때문에 야쿠자가 좀 끼기는 했는데.'

다행히 대부분의 피해자들은 돈을 받고 만족하고 입을 다

물었다.

물론 과한 욕심을 낸 사람도 있지만 그 경우는 야쿠자가 끼어들자 어쩔 수 없이 물러났다.

"머리가 개털이네, 개털."

한국에서 온 헤어 디자이너와 코디네이터는 그런 사람들에게 붙어서 이런저런 이미지 변신을 시도하고 있었다.

"외모가 일단 절반은 들어가니까 코디 제대로 해 주세요."

"호호, 걱정 마요. 내 손에 걸리면 비렁뱅이도 한 10년쯤 사업한 사람으로 변하니까."

실제로 그들은 능숙하게 이미지를 바꾸고 있었다.

"이쪽은 문제가 안 되는군요."

신동하는 고개를 끄덕거렸다.

일단 뽑은 정치인은 많자 않다. 고작 열 명이다.

"시작이 반이니까요."

일단 성공하면 분명 기회를 잡지 못한 사람들은 이쪽으로 올 것이다.

바로 그때 자신들은 사람을 골라 가면서 받으면 된다.

"필요하면 한국에 가서 의느님의 손도 좀 빌려야 하고요."

"그런 걸 보면 당신도 무서운 사람입니다. 일본과 다르게요."

일본은 한국에서 권력을 잡을 수 있는 사람에게 투자해서 자기들이 주무르는 선택을 한다.

하지만 노형진은 반대로 병신을 권력의 자리에 집어넣으

려고 한다.

상대방에게 어느 게 치명적인지는 뻔하다.

"저쪽에서 걸어온 싸움입니다. 우리를 건드리지만 않았으면 제가 이렇게까지 하지는 않았을 겁니다."

"하긴, 그렇지요."

"요즘은 별말이 없나요?"

"없긴요."

긴 한숨을 내쉬는 신동하.

"우리 애들이 무슨 자기네 세컨드쯤 되는 줄 압니다."

"그래요?"

"네."

자기 손녀보다도 어린 아이돌들을 불러서 성 접대를 시키는 걸 당연하게 생각하는 놈들이니까.

"한국은 그런 게 없나요?"

"없긴요. 있지요."

노형진이 아무리 노력해도 몰래몰래 하는 놈들이 없는 건 아니다.

당사자가 거절하고 노형진에게 도움을 요청하는 경우라면 보복을 해 주지만, 당사자까지 동의하고 접대를 해 버리면 노형진도 방법이 없다.

명백하게 합의에 의한 성관계이니까.

"그래도 전보다는 좀 덜하죠."

"그래요? 후우……."

머리를 긁적거리는 신동하.

"여기는 뭐, 답이 없는 수준이라서요."

"그렇긴 하죠."

신동하의 말에 노형진은 거의 체념한 듯한 표정으로 고개를 끄덕였다.

애초에 일본은 막을 수 있는 수준이 아니었기 때문이다.

한 예로, 일본에서는 정치인이 방송에 나가서 대놓고 연예인의 엉덩이를 만지작거렸는데 정치인이 처벌받은 게 아니라 그 연예인이 퇴출되어 버렸다.

구설수 때문에 정치인에게 찍힐까 봐 알아서 방송국에서 퇴출시킨 것이다.

'써먹을 수 있을지도?'

노형진은 그 일을 떠올리다가 문득 좋은 생각이 났다.

'내가 왜 그 생각을 못 했지?'

노형진의 눈이 순간 반짝거렸다.

일본의 연예인 지원 시스템은 괴상하다.

사실상 거의 지원이 없다.

'하긴, 그러니까 지하 아이돌이 되는 거지.'

일단 거의 지원 없이 활동을 하다가 어느 정도 인기가 생기면 연예 기획사가 붙는 경우가 많다.

"지하 아이돌이나 지역 아이돌은 소속사가 없는 경우도 종종 있죠?"

"로컬은 거의 없지만 지하 아이돌은 대부분 그렇죠."

"그러면 한국 소속사와 계약을 하죠."

"네? 갑자기요?"

"소속사가 한국이면 성 접대 문제는 외교 문제가 되어 버리거든요."

"아!"

만일 섣불리 손댔다가 한국 경찰에 신고가 들어오면 일이 커진다.

그러니 아무래도 손대는 빈도가 낮아질 수밖에 없다.

"그리고 일본 활동은 일본 소속사와 따로 계약하고?"

"네, 정확하게 아시네요."

그러면 지금과 별반 차이는 없다.

다만 계약을 할 때 한국 기업이 끼어들 뿐이다.

"무제한으로 계약을 받아 주다고 하면 문제 될 건 없을 겁니다. 계약금이야 상징적인 수준으로 주면 되니까."

그러다가 한 명이라도 터져 주면 그 계약금은 다 털어 내고도 남는다.

"좋은 생각입니다."

고개를 끄덕거리는 신동하.

"바로 알아보도록 하죠."

"그럼 부탁드립니다."

노형진은 그에게 맡기고 다른 곳으로 자리를 옮겼다.

그런데 거기에서는 속 터지는 목소리가 울려 퍼지고 있었다.

"허리를 쓰라고! 허리를! 아나, 번역 좀 해 줘 봐요! 야! 웨이브 하라고! 배 치기 하지 말고!"

춤이라는 것은 어찌 되었건 몸을 쓰는 행위이니 그 안에 필수적으로 들어가거나 기본적으로 들어가는 행동이 포함되어 있기 마련이다.

한데 그걸 알려 주던 댄스 강사는 게거품을 물고 있었다.

"심한가 봐요?"

노형진은 실실 웃으며 그런 강사를 바라보는 고연미에게 다가갔다.

"심하죠. 심한 정도가 아니라 답이 없어요."

이 정도면 한국이라면 일단 오디션에서 커트라인에 걸리는 애들이 대부분이다.

"방송은 이 정도는 아니었는데."

"최소한 그 애들은 제대로 지원받아서 춤 배운 애들이고요."

"하아, 머리가 아프네요."

"어쩔 수 없지 않습니까? 그러니 힘내 주세요."

지금으로써는 어쩔 수 없다.

아예 제로에서 시작하자니 아이돌이 멘토로 붙는다고 해도 결국 그 애들도 아이돌이지 선생님은 아니다.

축구를 잘한다고 해서 꼭 좋은 감독이 될 수는 없는 것처

럼 춤 잘 추는 아이돌이라고 해서 꼭 좋은 멘토가 되리라는
법은 없다. 하물며 가창력은 더하고 말이다.

"그런데 이거 속임수 아니에요? 아이돌이 가르치는 게 아
니잖아요?"

"기본은 해 놔야지요. 저 상태로 아이돌이 붙으면 어떨 것
같습니까?"

"아……."

아마 일본 진출이고 나발이고 포기하는 사람들이 속출할
지도 모른다.

"당분간은 어쩔 수 없지요."

노형진은 어깨를 으쓱했다.

진짜로 당분간은 어쩔 수 없다.

"그리고 저들을 가르치면서 상황 좀 보세요."

"어떤 상황요?"

"혹시나 외국으로 떠나고 싶어 하는 사람이 있는지."

"아니, 갑자기 왜요?"

노형진은 작게 그녀의 귀에 대고 속삭였다.

"성 상납 자료를 들고 미국으로 망명시키게요."

"에?"

기겁을 하는 고연미.

아니, 갑자기 그게 무슨 말이란 말인가.

"아니, 그게 뭔 말이에요? 망명이라니?"

"원래 선거를 하기 전에 폭탄 하나쯤은 터져 줘야 하거든요."

신동하에게 들은 정보로 노형진이 순간적으로 짠 계획.

누군가 한 명이 관련 증거를 가지고 미국으로 망명한다면 과연 일본의 상황은 어떻게 될까?

"그럼 관련 정치인들의 입지는 어떻게 될까요?"

"아……."

선거전이라면 치명적일 수밖에 없다.

자국 내에서 터진 문제라면 저들이 덮을 수 있겠지만 미국으로 망명까지 한 상황에서 터진다면 치명적일 수밖에 없다.

"미국의 뉴스를 일본으로 가지고 오는 건 어려운 게 아니니까요."

그리고 선거기간에만 맞춘다면 지명도가 있으니 이기는 건 어렵지 않을 것이다.

"조심스럽기는 한데……. 알았어요. 알아볼게요. 하지만 강제로는 안 돼요. 아시죠?"

"압니다. 그런 위험부담을 안고 갈 수는 없고요."

반대로 그런 걸 상대방에게 제보할 수도 있으니까.

"이제 얼마 안 남았네요."

정치인을 위한 홍보가 시작되면 일본 정치계에 파란이 일어날 거라 노형진은 생각했다.

하지만 모든 것이 그렇게 쉽지는 않았다.

"공연 허가가 안 났다고요?"

노형진은 일단 공연장부터 구해서 활동하려고 했다.

놀고 있는 공연장을 이용해 대대적으로 공연하려는 계획이었던 것이다.

그런데 결과는 어이가 없게도 실패였다.

"이런 건 허가를 안 내 줄 리가 없는데."

노형진은 당황한 나머지 자신도 모르게 머리를 긁적거렸다.

이러한 문화 행사는 그 지역의 상권에 상당한 도움이 된다.

노형진과 신동하는 그런 행사를 하기 위해 도로도 아니고 비어 있는 야외 공연장을 빌리려고 했다.

"아니, 왜 안 빌려준다는 겁니까?"

노형진의 질문에 신동하가 어깨를 으쓱했다.

"뻔한 거죠. 우리를 막아야 할 테니까요."

그러니 사용 허가가 나지 않았을 것이다.

"우리를 막는다니? 설마 우리 계획이 샌 건가요?"

살짝 움찔하는 노형진.

다행히 신동하는 고개를 좌우로 흔들었다.

"그건 아닙니다. 문제가 된 건 한류 부분인 것 같습니다."

"한류요?"

"멘토로 한국 가수들을 쓴 게 마음에 안 든 모양입니다."

"이런."

아무도 정치인들은 자신들의 문화가 한국보다 저급하다는 식의 이미지가 만들어지는 게 껄끄러웠던 모양이다.

'노린 건데 간파당한 건가?'

어찌 보면 당연한 거다.

온갖 수작이 넘쳐 나는 정치판에서 이 정도로 간단한 속임수도 모르지는 않을 것이다.

"그래서 불허라……. 불허 이유는 고지했습니까?"

"아니요. 그래서 웃긴 겁니다. 이유는 없이 그냥 불허만 하네요."

어깨를 으쓱하는 신동하.

"그래서 한류가 맘에 안 드는 거라고 예상할 수밖에 없습니다."

"끄응, 하는 짓거리가 참 웃기네요. 그 야외 공연장 말입니다. 1년에 사용 횟수가 몇 번이죠?"

노형진은 이번에 쓰려고 했던 곳의 기억을 더듬으며 말했다.

신동하는 피식 웃으며 대답했다.

"1년에 다섯 번 이하죠."

"그러니까요."

뜬금없는 위치에 뜬금없이 돈을 들여서 으리으리하게 만든 야외 공연장.

하지만 1년에 5회 이하의 사용.

"황당한 거죠. 살려 주겠다고 해도 불만이네요."

이 야외 공연장 자체가 카르텔이 그 지역의 토건 업체에 돈을 주기 위해 만들도록 해 준 곳이다.

당연히 사람도 뜸한 이런 곳에 유명 가수가 공연하러 올 리 없고, 반대로 이런 곳을 빌리기에 지역 아이돌은 돈이 없다.

"그걸 활성화시켜 준다고 해도 싫다고 하다니."

머리를 절레절레 흔드는 신동하.

"정치는 삶이죠. 대부분의 사람들은 그걸 잘 모르지만요."

노형진은 그렇게 말하면서 창문 너머로 무대가 있는 방향을 바라보았다.

카르텔 때문에 만들어졌다고 하지만 어찌 되었건 훌륭한 시설을 가진 곳이라는 것은 틀림없는 사실이니까.

"아깝기는 하네요."

정치적 목적이야 어떻든 간에 적지 않은 돈을 들여서 만든 곳이다.

당연하게도 그 시설이 상당히 좋다.

"그런데 허가가 나지 않았으니 문제군요. 다른 공연장은 절대 그 인원을 감당할 수가 없을 텐데요? 그리고 여기가 허가가 안 나는데 다른 데는 나올 것 같지도 않고요."

신동하는 생각지도 못한 태클이 걸려 오자 걱정스러운 얼굴이 되었다.

이런 계획이 성공하기 위해서는 최소한 한 번에 수천 명의 관중이 필요하다.

가수들의 홍보도 목적이지만 궁극적으로는 정치인이 되고
자 하는 사람을 홍보하기 위해 하는 일이니까.

"압니다. 그리고 일본 정부는 그런 식으로 사람이 모이는
걸 싫어하죠. 더군다나 한류 공연이라……. 싫어하지 않으면
이상한 거죠."

"끄응…… 그렇죠. 한국식의 해결 방법은 영 답이 없어 보
이는데요?"

신동하는 걱정스럽게 말했다.

한국에서는 이런 행사를 한다고 하면 적극적으로 지원해
준다. 상권이 살아나기 때문이다.

그에 반해 일본은 그다지 우호적이지 않다.

"어쩔 수 없죠. 다른 방법을 찾아야지요. 좋게 생각합시
다. 안 그래도 거기는 허가가 나도 문제가 없는 것은 아니지
않습니까?"

"그건 그렇지요."

노형진이 이곳을 카르텔의 산물이라고 표현한 데에는 이
유가 있다.

"일본은 지하철이 중요하죠."

시쳇말로 일본 지하철로 못 가는 곳은 없다고 할 정도로
그들의 지하철은 잘 발달되어 있다.

그게 아니라고 할지라도 연계된 버스도 많고 말이다.

대중교통이 아주 발달된 곳이 일본이다.

"그런데 가장 가까운 지하철 정류장이 여기서 걸어서 한 시간 거리에 있고, 왕복하는 버스는 한 시간에 한 대. 그나마도 주차장은 터무니없이 작지요. 어떤 미친놈이 여기에 옵니까?"

대중교통이 발달한 것에는 여러 가지 이유가 있다.

일단 정부에서 적극적으로 밀어준 것도 있지만 또한 이동의 불편함 문제도 있다.

'한국과 일본은 자동차 정책이 다르단 말이지.'

한국은 돈만 들고 가면 면허증이 없어도 차를 판다.

오죽하면 금수저들은 일단 차부터 사고 면허를 따기도 한다.

'하지만 일본은 아니지.'

일본은 차를 사기 위해서는 차고지를 먼저 얻어야 한다.

그래서 한국처럼 한 가구에 차가 두세 대씩 있는 경우는 드물다.

차고지가 필요하다는 건 그만큼 유료 주차장도 비싸다는 의미다.

즉, 여기로 올 차도 많지 않다는 거다.

'그런데 고작 주차장이 이백 개가 뭐냐, 이백 개가.'

이곳의 관중 포용 능력은 최대 3천 명.

그런데 주차장은 고작 이백 개다.

그 말은 5인용 차량에 꽉꽉 눌러서 온다고 해도 자가용으로 올 수 있는 사람이 고작 1천 명이라는 소리다.

무슨 공사를 그딴 식으로 하느냐고 여길지 모르지만, 애초에 카르텔로 나온 공사고 주차장은 그다지 벗겨 먹을 공사비가 별로 없으니 최소로 맞춘 것이다.

　"버스를 쓸까 했지만 그쪽에서 방해하니 그것도 쉽지는 않을 테고요."

　최초의 계획은 정해진 장소에서 버스로 운송하는 것이었다.

　하지만 상황을 보니 물 건너간 거나 마찬가지다.

　"결국 인터넷으로 뿌리거나 비디오 쪽으로 뿌리는 건가요? 인터넷으로만 뿌린다는 것은 좀 의미가 없어 보이는데요. 비디오 같은 건 홍보가 안 되면 아예 안 볼 테고요."

　자신이 보고 싶은 걸 비디오로 보는 일본의 시스템이 돈이 되는 건 확실하지만, 반대로 말하면 보고 싶지 않으면 보지 않으면 그만이라는 거다.

　"그런데 일단 홍보를 해야 찾아보든지 하죠."

　"그건 그렇죠."

　노형진이 일본 비디오 대여 시스템을 노린 이유가 뭔가?

　답이 안 보일 정도로 느린 일본의 인터넷 때문이 아닌가?

　"인터넷으로 그걸 뿌린다고 해도, 그들이 인터넷 회선에 제한을 걸어 버리면 안 보느니만 못 할 테고요."

　사람이 보다가 끊어지면 얼마나 짜증 나는지 안다.

　'그러고도 남을 것 같단 말이지.'

　노형진은 잠깐 고민하며 창밖을 바라보았다.

뭐든 거창하게 홍보하지 않으면 이번 계획은 물 건너가는 셈이기 때문에 노형진은 고민이 많았다.

　'얼굴을 알리고 이름을 알리고 대표성을 가지고 가야 하는데, 그러면 어찌 되었건 공연 같은 걸 해야 한단 말이지. 공식 석상에 안 나가면 혼자 대표자라고 외쳐 봐야 개소리고. 최소한 전면에 얼굴을 보여 주는 것은…….'

　고민하던 노형진의 눈이 어딘가에 고정되었다.

　그러더니 그의 얼굴에 슬며시 미소가 떠올랐다.

　"방법이 보이는군요, 후후후."

이가 없으면 잇몸이지

"그러니까 여기서 춤을 추라고요?"

일본의 지역 아이돌 그룹인 코코모는 경험이 많은 편이었다.

지하 아이돌로 매니저도 없이 시작해서 전단지도 뿌려 보고, 그러다 운이 좋아서 소속사도 구하고 나름 지역 아이돌로 이름도 떨치게 되었다.

그래서 경험에 관해서는 어디서도 꿀릴 게 없다고 생각했다.

"제가 시장에서도 공연해 보고 오픈하는 가게에서도 해 보고 심지어 학교 교실이랑 회사 회의실에서도 해 봤지만, 이런 데는 처음이에요."

그냥 녹색 방이다.

진짜 아무것도 없는 녹색의 공간.

거짓말이 아니다.

보이는 건 오로지 녹색뿐이다.

"이거 할리우드 영화의 촬영 기법입니다."

인도에서 왔다는 촬영기사는 사람 좋은 미소를 보냈다.

다행히 일본어가 가능한 사람이어서 좋기는 한데……

"그런데 왜 우리가 이걸로 촬영을 해요?"

"이걸로 틀어 줄 겁니다."

"이걸로 틀어 줄 거라고요? 이게 그렇게 싼 기술이에요?"

"뭐, 비싸다면 비싸고, 싸다면 싸고요."

촬영기사는 어깨를 으쓱했다.

노형진이 인도에 전문 기업을 만들고 싼 가격에 촬영을 시작하면서 확실히 가격이 다운된 것은 사실이다.

하지만 아직 장비 자체가 싼 것은 아니기에 또 마냥 싼 것도 아니다.

"아니, 뭐 이런……"

코코모의 멤버들은 사람도 없는 이런 곳에서 촬영하는 게 어색해서 어쩔 줄 몰라 했다.

"그냥 편하게 생각하세요. 무대가 아니라 연습실이라고 생각하고."

"연습실치고는 너무 사람이 많은데요."

당혹스러운 표정이 되는 멤버들.

이런 곳에서 춤을 추고 공연을 하는 건 처음이었으니까.

더군다나 다른 곳도 아닌 할리우드란다.

"홀로그램으로 만들어질 예정이니까요. 여러 번 해야 할 겁니다. 그러니까 익숙해지세요."

"홀로그램요?"

심지어 영상도 아닌 홀로그램이라는 말에, 나이가 어려서 호기심이 하늘을 찌르는 멤버 한 명이 잽싸게 관련 글을 인터넷에서 찾아보기 시작했다.

그리고 얼굴이 헬쑥해졌다.

"헐, 2천만 엔."

"뭐가?"

"언니, 이거 장비로 무대 하나 촬영하는 데 드는 돈이 2천만 엔이래. 그것도 15분 정도 되는 기준으로."

얼굴이 사색이 되는 멤버들.

갑자기 툭 튀어나온 노형진이 그런 그녀들을 진정시켰다.

"걱정하지 마세요. 그렇게 비싼 건 아니니까."

"네? 그렇게 비싼 게 아니라고요?"

"그건 제대로 된 홀로그램이고, 무대도 따로 만들어야 해요. 이건 프리 포맷 방식이라고, 일반 무대에서도 틀어 줄 수 있는 겁니다."

거기에다 촬영만 여기서 하지 마무리는 인도에서 해 올 것이다.

이 기술자들의 인건비와 장비비가 비싼 것을 생각하면 가격은 훨씬 떨어지는 것이라 볼 수 있다.

"아니, 그래도……."

자신들이 번 돈이 2천만 엔이 안 된다. 그런데 2천만 엔이라니.

"그렇게 안 된다니까요."

노형진은 사람 좋은 미소를 보내며 웃었다.

'그리고 아무리 제작비가 비싸다고 해 봐야 정치판에 들어가는 비용만 할까?'

한국 국회의원 선거 한 번에 들어가는 최소 비용이 몇십억, 대통령 선거 한 번에 들어가는 최소 비용이 몇백억이다.

그런 면에서 보면 2천만 엔, 한국 돈 2억은 돈도 아니다.

하물며 일본 정치판을 뒤흔들겠다는 인간이 그 돈도 없이 들러붙지는 않는다.

"천천히 촬영하세요."

노형진은 웃으며 말했다.

어마어마한 금액에 코코모의 멤버들이 약간 당황한 듯했지만…….

'조금 이따가 더 큰 게 등장하면 더 당황할걸.'

애초에 이 계획의 핵심은 사람들에게 친근한 이미지로 차기 정치인을 홍보하는 데 있다.

물론 당장 선거에 나간다는 말은 못 한다.

하지만 얼굴을 알리고 이름을 알리고 하는 게 얼마나 중요한지 사람들은 모른다.

'몇 년에 한 번 방송에 얼굴만 비치는 사람을 뽑아 줄까, 아니면 자주자주 지역 축제에 대문짝만 하게 얼굴을 비치는 사람을 밀어줄까?'

그건 답이 나와 있다.

'자, 과연 어떻게 할 것이냐, 후후후.'

⚖

젠타로는 부하의 말에 눈을 찌푸렸다.

"또 신청이 들어왔어?"

"이유도 없이 또요. 과장님, 벌써 몇 년째 놀리고 있는 땅입니다. 매일 관리비만 축내고 있는 곳인데 그냥 사용하게 하는 게 어떨까요?"

"뭔 잔말이 그렇게 많아? 내 말이 말 같지도 않아? 무조건 반려시켜."

"네."

부하는 젠타로의 말에 결국 고개를 끄덕거렸다.

사실 한 번 더 물어본 게 그 나름의 최선의 저항을 한 것이었다.

"뭔 질문이 그렇게 많은지."

젠타로는 부하를 한참 째려봤다.

일본은 위계질서가 아주 명확하다.

단순히 존경의 의미가 아니다.

어느 정도냐면, 일본에서 결재 서류에 도장을 찍는 경우 최상급자는 똑바로 도장을 찍고 그 아랫사람들은 그쪽으로 45도 정도 돌려서 도장을 찍는 게 예의라고 가르칠 정도다.

쉽게 말해서 최상급자의 도장에 다른 도장들이 고개를 숙여서 인사하는 형태를 만드는 것이 예의인 셈이다.

실제로도 그러한 위계가 변질되어서 회장이 끓고 있는 샤브샤브 냄비에 장난삼아 부하의 얼굴을 처박는 나라가 바로 일본이다.

"어디 감히 하급자가 불만을 가져? 저 새끼, 내가 두고 보겠어."

젠타로는 자신의 말에 다시 질문한 부하를 이지메 시키겠다고 생각하면서 몸을 돌렸다.

답은 간단하다.

위에서 절대 허가를 내주지 말라고 했으니 자신은 따르기만 하면 된다.

"그나저나 그놈들도 지겹네. 계속 신청을 하니. 뭔 생각인 거야? 허가가 안 날 거라는 걸 모르나?"

그쪽에서 이쪽에서 계속 반려하는 걸로 고소를 할 수는 있다.

하지만 그러면 시간도 오래 걸릴뿐더러, 이쪽에서 한 번 진다고 해도 이번 한 번만 허가하고 그다음부터는 다시 반려

이것이 법이다

하면 그만이다.

'멍청한 놈들.'

젠타로는 비웃음을 날리면서 자리에서 일어났다.

퇴근을 하기 위해서다.

"가다가 오뎅에 술이나 한잔해야겠군."

그는 코트의 앞섶을 여미면서 번화가로 향했다.

접대를 받을 수 있으면 좋겠지만 애석하게도 그는 그다지 접대를 받을 만한 자리에 있지 않았다.

지금이 접대가 많은 시기도 아니고.

"어, 춥다."

그가 막 번화가로 들어선 그때였다.

"어, 뭐지?"

사람들의 시선이 이상했다.

많은 사람들이 허공을 바라보고 있었다.

아니, 정확하게는 한쪽 건물을 바라보았다.

"어어?"

사람들이 보고 있는 곳. 그곳은 다름 아닌 빌딩의 벽이었다.

그 벽을 타고 내려오는 커다란 천.

"뭐야, 저건?"

그게 뭔지 몰라 사람들은 물끄러미 바라보면서 시선을 떼지 못하고 있었는데, 그게 다 내려온 순간 건너편의 빌딩에서 어둠을 헤치면서 빛이 쏟아졌다.

그제야 젠타로는 그게 뭔지 알아차렸다.
"이런 미친!"

─안녕하십니까, 여러분!

천천히 내려온 천. 그건 하나의 모니터가 되었다.
그리고 건너편에서 쏴지는 거대한 빔 프로젝터.
쉽게 말해서 길거리에 영화관이 생긴 것이다.

⚖

─친애하는 요지마현 주민 여러분, 저는 현재 요지마현에서 장사
를 하는…….

노형진이 계획한 것. 그건 다름 아닌 길바닥에서 틀어 주
는 것이었다.
'홍보를 꼭 극장이나 무대에서 하라는 법은 없지.'
현장에 가서 활동하는 걸 직접 보면 현장감은 있겠지만 홍
보 효과가 아주 좋은 건 아니다.
'하지만 이건 어떨까?'
입을 쩍 벌리는 사람들을 보고 노형진은 씩 웃었다.
화면 속에서는 아이돌이 웃고 떠들고 노래하고 있었다.

화려한 한국 아이돌의 공연이 끝나고 현지 후원자, 그러니까 정치를 하고자 하는 사람이 소개된 후에 지역 아이돌이 나와서 조금씩 배워 가는 장면이 나왔다.

'재미있게 잘 만들었네.'

이런 광고 영상은 대부분 짧게 만드는 것이 보통이다.

하지만 노형진이 만든 것은 30분 정도.

그러니까 대략 짧은 프로그램 하나 정도의 시간이 들어간 것이다.

'그리고 볼만하지.'

처음에는 당황스러운 표정이던 사람들도 거기서 나오는 아이돌의 모습에 힐끔거리면서 바라보고 있었다.

물론 관심도 안 가지고 지나가는 사람도 있었다.

하지만 많은 사람들이 보고 있었고, 그 숫자는 점점 더 늘어났다.

그럴 수밖에 없는 게, 춤추고 공연하는 장면은 홀로그램으로 투영해 버리니 실감도 나고 또 신기하기도 하기 때문이다.

그걸 보고 관심을 가지지 않을 이유가 없다.

"나이스!"

노형진은 두 주먹을 불끈 쥐었다.

그의 예상대로였다.

"사람들은 궁금함을 못 참는 법이지."

아무리 정부에서 막으려고 한다고 해도 건물은 개개인의

소유다.

그러니 계약 자체를 막을 수는 없다.

아예 막는 것도 아니고 딱 영상을 틀 때만 화면이 내려오고, 끝난 후에는 다시 올라간다.

건물 자체의 기능에는 아무런 문제가 없다.

"재주껏 막아 보라지, 후후후."

⚖

노형진의 예상대로였다.

웹상에서 그런 홍보 방식은 어마어마한 이슈가 되었고, 인터넷 다운로드 수와 비디오 가게에서의 대여량은 무서울 정도로 빠르게 올라가기 시작했다.

"역시 치느님이지."

노형진은 오픈한 가게에 앉아서 주변을 바라보았다.

가게 안에 가득한 사람들.

그리고 광고지 표지 모델인 지역 아이돌.

나가는 사람들의 손에는 한 봉지씩 치킨이 들려 있었다.

"한국식 치킨은 엄청 맛있네요."

신동하는 신나게 치킨을 뜯으며 말했다.

"안 드셔 보셨어요?"

"일본의 치킨은 이렇게 맛있지 않습니다."

일본의 치킨은 가라아게라고 불린다.

한국의 치킨보다는 훨씬 피가 얇은 편이고 또 짭조름하다.

"일본 사람들은 고기를 그다지 많이 먹지 않죠."

고기 문화 자체가 그다지 발달하지 않은 일본이기에 대부분의 고기 요리가 다른 나라에서 들어온 음식의 변형인 경우가 많다. 어쩔 수가 없다, 수백 년간 고기 먹는 것 자체가 불법이었으니.

"일본 사람들은 좀 짭조름한 걸 좋아하니까요."

한국보다 좀 더 맛을 강하게 하기는 했지만 일단 성공적으로 안착한 상황.

"아이돌들에 대해서도 나름 알아보는 사람들이 생기기 시작한 모양이더군요."

표지에도 나가고 그렇게 영상도 틀어 주니 조금씩 이름도 알리고 있다. 당연히 정치를 하고자 하는 사람의 이름 역시 널리 알려지고 있는 상황.

"이제 시작입니다."

노형진은 맥주잔을 들고 시원하게 한 잔 쭉 들이켰다.

"이름을 알리기 시작하면 다른 사람들이 접근할 겁니다. 그들을 정치판에 넣으려면 또 다른 싸움을 준비해야지요."

"또 다른 싸움요?"

"일본 정치인들이 과연 엔터 쪽을 가만두려고 할까요?"

"아……."

막 닭 다리 하나를 들던 신동하는 갑자기 입맛이 뚝 떨어지는지 다리를 내려놨다.

"우리가 적대하겠다는 의미로 받아들이겠군요."

"네."

"그러면 우리가 불리해지나요?"

"아니요. 그건 아닐 겁니다."

노형진은 고개를 흔들었다.

"우리가 불리해지도록 신동우가 두고 보진 않을 겁니다."

"네? 그게 무슨 말씀이죠? 신동우는 우리를 배신할 겁니다."

"분명 그러겠지요. 하지만 지금 당장은 아닙니다."

정치인이라고 해서 대동의 내전에 끼어들어서 힘을 일방에게 몰아줄 수는 없다.

일단 그건 일이 너무 커지는 데다가, 신동우 쪽 정치인이 있듯이 신동성 쪽 정치인도 분명 생겨날 테니까.

"그들은 지금의 상황에서 힘쓰는 데 한계가 있습니다. 하지만 지금의 우리는 아니죠."

"아아……."

저들이 미래를 위한 준비라면 신동하는 지금의 실탄이다.

"만일 우리가 신동우를 패대기친다면 어떻게 될까요?"

"우리가 신동성에게 넘어갈 테고……. 그렇군요."

당장 신동성의 편에 야쿠자가 있고, 신동우의 편에는 신동하를 거쳐서 삼합회가 있는 그림이 그려져 있다.

"그런데 만일 삼합회가 넘어간다면 게임은 끝난 거죠."

일이 그쯤 되면 아무리 정치권이라고 해도 신동우를 살려 줄 방법은 없다.

"결국 신동우도 당장 우리를 죽이지는 못할 겁니다."

"그리고 우리는 그사이에 정치권에 경고를 해 주고 말이지요?"

"그렇지요."

자신들의 편이 아닌 자리에 그런 식으로 성장하는 것을 보면 정치인으로서는 불편할 수밖에 없다.

실제로 지금 준비를 하는 지역은 대부분 신동우의 편에 있는 정치인들의 지역구다.

"나중에 그가 죽이려고 할지도 모르지만, 숨은 사람보다 더 손대기 힘든 사람이 사회에 드러난 사람입니다."

그냥 두면 더더욱 유명해져서 더더욱 자신의 자리를 위협할 것이다.

"그러니 마음 놓고 치킨을 뜯으셔도 됩니다."

신동하는 내려놨던 닭 다리에 슬쩍 다시 손을 올렸다.

"여기 맥주 하나 더 주세요."

노형진은 그렇게 말하면서 속으로 미소 지었다.

'일본 정치판이라······.'

일본이 한국에 한 것처럼 일본 정치판이 친한파로 가득 찼을 때 과연 그들이 무슨 생각을 할지, 노형진은 참으로 궁금해졌다.

은폐는 군대에서나 써야 할 용어다

"생활기록부를 정정하고 싶다고요?"

노형진은 자신을 찾아온 손님의 말에 고개를 갸웃했다.

특이한 사건이라서 노형진에게 배당되기는 했는데 이해가 가지 않았기 때문이다.

"그건 저희가 뭘 어떻게 할 수 있는 부분이 아닌데요."

생활기록부는 학교에서 쓰는 거지 법이 끼어들 만한 부분은 아니다.

"변호사님, 제 아들이 그렇게 개쌍놈으로 보이십니까?"

"그건 아닌 것 같습니다만."

노형진은 사실 이 의뢰인을 알고 있다.

1년 전쯤에 학교 폭력으로 소송했던 사람이니까.

아들이 학교에서 학교 폭력을 당한 사실을 안 부모는 제대로 하겠다고 새론에 의뢰를 했고, 노형진과 새론은 언제나처럼 깔끔하게 사건을 처리했었다.

그 당시 아들을 만나 봤는데 나쁜 아이는커녕 겁이 많아서 제대로 말도 못 하는 타입이었다.

"그런데 이 생활기록부를 보세요."

"흠…… 확실히 이상하네요."

생활기록부.

학교에서 담임이 적는 서류로, 성적과 별도로 생활 태도 등을 기록하게 되어 있다.

"자꾸 거짓말을 하고 선생님에 대한 존경이 없으며 급우에 대한 배려심도 없고 극단적이고 이기적이다. 또한 반성의 여지가 없으며 미래에 대한 꿈도 가지지 않고 있다. 장기적으로 봤을 때 크게 기대가 되지 않는 아이다? 이게 생활기록부라고요? 이건 말이 안 되는데."

생활기록부는 담임이 적는 내용이다.

그리고 대부분의 담임은 최대한 좋게 이야기하려고 한다.

설사 나쁜 점이 있어서 적는다 하더라도, 좋은 점도 함께 적는 것이 보통이다.

"생활기록부가 이렇게 극단적으로 적히는 경우가 없는데?"

"다른 것도 한번 보세요."

노형진은 그다음 장에 있는 기록을 확인했다.

그건 과거에 적힌 기록이었다.

"조용하고 차분하다. 문학적 재능이 있으며 사색하는 시간이 많다. 주변 교우 관계에서는 딱히 두각을 드러내지는 않지만 주변에 부담을 주지 않으려고 노력한다. 그러나 주눅이 든 행동이 보이며 그 부분에 대해 고칠 필요가 느껴진다."

그건 나름대로 중립적으로 적혀 있는 글이었다.

문제는 시간.

"고작 3개월 사이에 평가가 이렇게 극단적으로 바뀐다는 게 이해가 안 가는데요."

사람이 바뀌는 건 쉬운 게 아니다.

그런데 고작 3개월 만에 갑자기 평가가 바뀌었다.

"이사이에 무슨 일이…… 아."

노형진은 날짜를 보고서야 그사이에 무슨 일이 있었는지 알아차렸다.

"소송이 있었군요."

아이가 주눅이 들었다는 부분, 그 이유가 학교 폭력 때문이었다.

노형진은 그 당시에 학교의 학교폭력위원회에 참석한 적이 있었다. 그런데 학폭위에서 하는 행동이 너무나 뻔해서 결국 소송으로 갈 수밖에 없었다.

좋은 게 좋은 거라면서 사건을 덮으려고만 했으니까.

상식적으로 1년간 돈을 무려 480만 원이나 빼앗은 사건이 과연 친구들 간의 장난으로 포장될 수 있는 수준일까?

그것도 고등학생에게?

그 돈을 상납하기 위해 피해 학생은 부모의 지갑에서 도둑질까지 해야 했을 정도였다.

'그래서 걸렸지.'

적지 않은 액수의 돈이 빈 걸 안 아버지는 당연히 의심스러운 아들에게 캐물었고, 자신의 아들이 왕따를 당하고 있으며 돈을 주지 않으면 말 그대로 개처럼 맞아 왔다는 사실을 알게 되었다.

"그 이후군요."

"네."

그 이후부터 갑자기 극단적으로 평이 바뀌었다.

"이 새끼들이."

노형진은 슬금슬금 머리에서 김이 올라왔다.

안 봐도 뻔했기 때문이다.

"신고했다고 보복하는 겁니까, 지금?"

"그러니까요! 제가 억울해서 미치겠습니다!"

결국 그 사건은 법원까지 갔고 가해자가 3호 처분을 받으면서 끝났다. 단순 폭행이 아니라 돈을 갈취하고 그것도 모자라서 술을 훔쳐 오도록 시키는 등 죄질이 좋지 않았기 때문이다.

물론 한 짓에 비하면 터무니없이 낮은 처분이었지만 말이다.

당연히 좋은 게 좋은 거라고 덮었던 선생님들은 모조리 업무상 배임으로 고발을 넣었었고.

"그 당시에 벌금을 냈죠?"

"네, 그랬죠."

그러자 학교에서 학생에게 보복한 것이 분명했다.

'이 새끼들이 미쳤구나.'

노형진은 열불이 터졌다.

학폭 사건의 현장에서도 어떻게 해서든 가해자를 편들면서 사건을 무마하려고 하던 교장의 얼굴이 생각났다.

"담임이 바뀌었다고 하지 않으셨나요?"

"바뀌었죠."

학년이 올라가고 담임이 바뀌었다.

그런데 갑자기 평이 안 좋아졌다.

그 말이 의미하는 것은 하나다.

"담임 개인의 판단은 아니겠군요."

"네?"

"갑자기 아이가 바뀔 리 없으니까요."

도리어 그 당시 사건으로 정신과 상담을 받고 있는 피해자다.

그런데 그런 애가 갑자기 이런 후안무치한 성격이 될 리 없다. 그러면 답은 뻔하다.

"아마도 교장이 보복하라고 한 모양이네요."

"제가 그래서 온 겁니다. 미치겠어요. 이게 얼마나 중요한 서류인데."

"끄응, 쌍놈의 새끼들."

생활기록부는 영구적으로 그 기록이 남는다.

상급 학교에 진학할 때도 그 영향력이 있다. 대학에 진학할 경우에는 이 생활기록부의 영향으로 합격 결과가 바뀔 수도 있기 때문이다.

"거기에다 다른 것도 있어요."

"다른 거라고 하면?"

"백일장도 못 나가게 합니다."

생활기록부에 남을 정도로 피해 청소년은 문학에 재능이 있고 관심도 있었으며 원하는 학과도 국어국문학과였다.

"그 전에는 백일장에 나가서 상도 많이 타 오고 그랬거든요."

상급 학교에 가서 면접을 볼 때 그런 기록은 플러스 점수가 된다.

"그런데 그 사건 이후에 한 번도 못 나갔어요."

상을 타 오는 것은 학교에도 좋은 일이다.

그런데 재능이 있고 상을 몇 번이나 타 온 기록이 있음에도 불구하고 사건 이후에 단 한 번도 출전을 못 했다는 것은 말도 안 된다.

"자기들 말로는 균등한 기회를 준다는데……."

말이 좋아서 균등한 기회지, 백일장에 나가려고 하는 학생이 없어서 강제로 뽑아야 하는 상황이었는데도 피해 학생은 내보내지 않았다고 한다.

"끄응."

노형진은 어이가 없었다.

"그 가해자는 둘째 치고 학교에서 보복을 할 줄은 몰랐네요."

노형진은 기가 막혀서 혀만 끌끌 찰 수밖에 없었다.

'하긴, 범죄자들에게 뭘 바라겠어.'

범죄자들.

노형진은 그들을 그렇게 불렀다.

선생이기 이전에 제대로 된 사람이라면 자신의 잘못을 반성하고 다시는 그러지 않기 위해 노력할 것이다.

하지만 그들은 선생이기 이전에 범죄자고, 다른 범죄자들과 마찬가지로 자기가 잘못해서 처벌받았다고 생각하는 게 아니라 자기가 재수가 없어서 걸렸다고 생각할 것이다.

"이건 그냥 둘 수 있는 수준이 아닌데."

차라리 모른 척했다면, 그냥 스쳐 지나가는 인연이었다면 이야기가 달라졌을 것이다.

하지만 그게 아니라 저들이 할 수 있는 방법으로 피해자에게 보복을 한 게 확실시되는 상황.

노형진은 그냥 넘어갈 수가 없었다.

"이걸 막기 위해서는 전학을 가야 하는데, 그건 제가 보기엔 아닌 것 같습니다."

단호하게 선을 긋는 아버지의 말에 노형진은 고개를 끄덕거렸다.

"제가 봐도 아닌 것 같네요."

잘못한 건 학교와 가해자인데 어째서 피해자가 도망을 가야 한단 말인가?

"이건 정상적인 상황은 아니군요."

사실 생활기록부를 고치려고 한 시도는 몇 번 있었다. 하지만 대부분 생활기록부의 기록을 고치는 것은 법원에서 인정받지 못했다.

그러나 이런 식으로 보복하는 경우에는 분명히 심각한 문제가 된다.

"혹시나 해서 말인데요, 가해자들에 대해서 다른 조치가 이루어진 게 있습니까? 피해자에게 이런 식으로 나오는 놈들이 제대로 일을 처리할 것 같지는 않아서요."

노형진은 일이 이 지경이 되었는데 가해자들이 멀쩡할 리 없다는 생각이 들었다.

물론 아주 안 좋은 쪽으로 바뀌었다면 좋겠지만…….

"안 그래도 이야기를 들어 봤습니다. 그런데 어이가 없더군요."

"어떤……?"

3호 처분은 사회봉사 명령이다. 그러니까 좋은 일을 하면서 심신을 가다듬으라는 건데, 어찌 되었건 법적으로 받은 처벌이다.

"그런데 그게 모조리 자원봉사 기록으로 들어갔다고 하더군요."

"니미 씨발."

범죄 기록이면 무조건 처벌로 인한 자원봉사라고 표시해야 한다. 그런데 학교에서는 그걸 진짜 자원봉사라고 포장한 것이다.

"그걸 어떻게 아셨습니까?"

"그 새끼들이 봉사왕이라고 외부 표창을 받았답니다."

"미친 새끼들."

노형진은 저절로 욕이 나왔다.

하긴, 외부에는 자원봉사를 열심히 다니는 학생으로 보였을 것이다.

하지만 그 당시 정해진 자원봉사 시간은 무려 이백마흔 시간.

다른 학생들이 스무 시간을 채우지 못해서 허덕거리는 걸 생각하면 말도 안 되는 소리다.

"외부에서 그런 상을 준다고 하면 최소한 처벌로 인한 자원봉사라고 고지는 했어야 하는데요."

"그러니까요."

"후우……."

이제 고등학교 2학년.

이 상황대로라면 피해자는 불이익을 받아서 대학에 떨어지고 가해자는 지원을 받아서 대학에 붙게 생겼다.

"도대체 왜 이러는 겁니까?"

"글쎄요."

가해자가 아주 잘사는 집안이거나 지역 유지거나 권력이

있는 집이라면 이해가 간다.

하지만 그냥 평범한 집안 자식이었고 별 특이 사항도 없었다.

그렇다면 답은 하나다.

"창피하다 이거군요."

"창피하다고요?"

"네, 학교들의 고질적인 문제죠."

'명예'를 지키기 위해 범죄를 은폐한다.

그 과정에서 피해자는 철저하게 버려지며, 이번 사건처럼 협조를 하지 않으면 적으로 인식해서 보복을 멈추지 않는다.

'이게 학교야, 깡패 집단이야?'

노형진은 저절로 눈이 찌푸려졌다.

학교 폭력은 기본적으로 가해자와 피해자의 싸움이지만 이런 경우에는 학교와 피해자의 싸움이 되어 버린다.

그런데 이렇게 되면 불리한 것은 당연히 피해자다.

"소송을 해서 바꿀 수 있을까요?"

"글쎄요."

노형진은 턱을 문질렀다.

"사실대로 말씀드리자면, 판례에 따르면 일반적으로 생활 기록부의 기록은 선생님의 권한으로 인정합니다."

"그…… 그렇습니까?"

"하지만 지금처럼 대놓고 불이익을 주는 경우는 방법이 없는 건 아닙니다."

선생님이라는 존재가 바르고 순수한 인간이면 좋겠지만 그 또한 일단은 사람이고 직장인이다.

수많은 아이들 중에서 한 명을 미워하지 말라는 법은 없다.

"실제로 그런 경우는 수정을 하는 데 성공했고요."

"그러면 이길 수 있나요?"

"그건 그런데, 문제는 보복이라는 걸 증명하는 게 힘들다는 거죠."

담임이 바뀌었다. 그리고 학교에서 교장이 명령했다고 해도 그걸 입증할 수 있는 방법이 없다.

"그에 반해 아드님이 질이 안 좋다고 주장할 선생님들은 넘쳐 나죠."

"하지만 친구들이 있지 않습니까?"

"과연 그 애들이 도와줄 수 있을까요?"

"큭."

지난번에도 아이들에게 도움을 요청했지만 다들 거절했다. 아이들에게는 법원에서 진술한다는 것이 상당히 힘들고 두려운 일이기 때문이다.

"하물며 지금 같은 경우는 학교에서 대놓고 가해자를 옹호하고 피해자를 괴롭히는 상황입니다. 애들이 그걸 모를까요?"

모를 리 없다. 그리고 보복을 당하는 걸 보면 당연히 그 아이들도 입을 다물 것이다.

"설사 그 아이들이 도우려고 한다고 해도, 쉬운 게 아닙니다."

아이들이 진술하려면 학부모의 동의가 있어야 한다.

아직은 미성년자이기 때문이다.

"그런데 보복당하는 걸 뻔하게 보면서 학부모들이 동의해 줄까요?"

까딱 잘못하면 자신의 아이들에게 보복이 날아올 게 뻔한데 동의해 줄 학부모는 없다.

"하지만 그러면 어떻게 합니까?"

곧 고 3이 된다. 당장 수능이 닥치면 생활기록부는 그의 인생을 결정하는 중요한 요소가 될 것이다.

"일단은 소송을 걸어야지요."

노형진은 고개를 끄덕거렸다.

"그리고 제 경험상, 이런 경우는 틀린 걸 바꾸려고 하는 건 소용이 없더군요."

"네? 그러면 어쩌시려고요?"

"틀린 걸 바꾸기보다는 상대방에게 엿을 먹여야죠."

"엿요?"

"네, 엿요. 아주 크고 아름다운 엿을 말이지요."

노형진은 그렇게 말하면서 물끄러미 생활기록부를 바라보았다.

다음 권으로 이어집니다

이것이 법이다

이한성 현대 판타지 장편소설

못 나가던(?) 싱어송라이터
뮤지션의 정점에서 세상을 노래하다!

가망 없는 싱어송라이터의 꿈을 접고
영세 엔터테인먼트의 사장이 된 한지혁,
소속 가수를 구하려다 사망……
눈떠 보니 과거로 돌아왔다?

음악의 신들이 당신의 뒤에서 웃음 짓습니다

귀 밝은 악성, '들리지 않는 예술가'
전설의 기타리스트, '여섯 현의 마술사'
록밴드의 신화, '또 하나의 여왕'
매력 넘치는 신들과 함께라면 어떤 장르든 OK!

건드리는 음악마다 히트, 또 히트!
만능 엔터테이너 한지혁의 짜릿한 성공기!

철종 哲宗

강동호 대체역사 소설

『효종』『대망』의 작가, 강동호!
미래의 지식으로 군림할 **철종**과 돌아오다!

4년 차 역사학 시간강사 태수
전임 교수 임명에 제외된 날 트럭에 치였는데
정신을 차리니 철종이 되었다?

세계열강이 아시아를 욕심내는 1850년대
조선을 지키기도 벅찬 마당에
국정 농단으로 나라를 좀먹는 세도정치와
온갖 패악을 부리는 서원까지……

내탕금을 털어 키운 정보 조직을 이용해
내부의 적은 때려잡고
화폐개혁과 군사제도 역시 개편해
전쟁의 역사에 맞서 조선의 운명을 뒤바꾼다!

예정된 혼돈의 시대
시간을 거스른 철종, 진정한 군주가 되어
조선을 지키고 세상을 가질 것이다!